DESEO

AF274869

KATHERINE GARBERA

UNA BELLEZA EN LA CAMA

Editado por Harlequin Ibérica.
Una división de HarperCollins Ibérica, S.A.
Avenida de Burgos, 8B - Planta 18
28036 Madrid

© 2024 Harlequin Ibérica, una división de HarperCollins Ibérica, S.A.
N.º 540 - 25.5.24

© 2003 Katherine Garbera
Una belleza en la cama
Título original: In Bed with a Beauty

© 2003 Katherine Garbera
Un asunto del corazón
Título original: Cinderella's Christmas Affair
Publicadas originalmente por Harlequin Enterprises, Ltd.
Estos títulos fueron publicados originalmente en español en 2004

I.S.B.N.: 978-84-1062-829-8
Depósito legal: M-6996-2024
Impreso en España por: BLACK PRINT
Fecha impresión para Argentina: 21.11.24
Distribuidor exclusivo para España: LOGISTA
Distribuidor para México: Distibuidora Intermex, S.A. de C.V.
Distribuidores para Argentina: Interior, DGP, S.A. Alvarado 2118.
Cap. Fed./Buenos Aires y Gran Buenos Aires, VACCARO HNOS.

MIXTO
Papel procedente de
fuentes responsables
FSC® C159065

Prólogo

—Pasquale Mandetti, tienes una oportunidad —dijo una agradable voz femenina que me tomó por sorpresa.

Nadie me llamaba por mi verdadero nombre.

—Llámame Il Re, por favor, muñeca —contesté, mirando hacia una luz cegadora.

¿Seguiría vivo? No, imposible. Nadie sobrevive a cinco tiros en el pecho.

—En el más allá, sólo hay un Rey.

Me encogí de hombros, pues no tenía ganas de discutir con Dios ni con su emisaria o quien quiera que fuese aquella voz.

—Entonces, llámame Ray.

—Tienes la oportunidad de redimirte, Ray.

Aquello me hizo reír.

—¿Yo? Sí, claro. Un tipo como yo no se convierte en bueno cuando se muere y va al cielo.

—Con tu último aliento has pedido perdón y a Dios le gusta hacer lo que puede.

—Estupendo, entonces, ¿voy a ir al cielo?

—No tan rápido, hay ciertas condiciones.

«Por supuesto, debí imaginarlo».

—Te escucho.

–Queremos que unas a tantas parejas en el amor como enemigos asesinaste en el mundo de los vivos en nombre del odio.

–Por todos los infiernos...

–Aquí, no está permitido emplear esa palabra.

–Perdón –me excusé–. He sido jefe de una banda mafiosa durante veinticinco años y he mandado matar a un montón de hombres. Eso sin contar la cantidad de chapuzas que tuve que hacer para llegar a lo más alto.

–Ya sabemos que eres el rey del crimen, pero no tenemos todo el día. ¿Aceptas la oferta?

–Vaya, muñeca, yo creí que teníamos toda la eternidad.

–Como me vuelvas a llamar muñeca, no vas a tener absolutamente nada.

Tuve que controlarme para no chasquear la lengua.

–Muy bien, lo haré.

–Hay ciertas normas.

–No me gustan demasiado las normas –le advertí.

–Pues vas a tener que cambiar –dijo la voz–. Para empezar, tienes que seleccionar a una pareja para tu misión. Con cada pareja adquirirás una forma humana y una personalidad diferente. En cuanto hayas conseguido unirlos, volveré a aparecer ante ti.

–¿Y ya está?

«Esto va a ser muy fácil. Cielo, allá voy».

4

–No. Si la pareja elegida no se enamora, la tienes que ayudar.

«¿Y qué sé yo del amor? Sé lo que hay que hacer para destruir una relación, pero nunca he sido capaz de estar con una mujer. Incluso las que no querían una relación duradera conmigo, me dejaron antes de lo previsto. Esto no va a ser tan fácil como yo creía».

–¿Tengo pinta de consejero matrimonial?

–Será mejor que así se lo parezcas a ellos.

En aquel momento, vi a Tess, la única mujer que intentó hacer mi vida mejor, la mujer que me quiso en momentos tan duros que otras mujeres menos fuertes no habrían soportado.

Entonces, recordé que había hecho todo lo que tenía en mi mano para destruir los sentimientos que ella me inspiraba. Lo tuve que hacer para sobrevivir en un mundo en el que un hombre blando, un hombre enamorado, era una presa fácil.

Pero ese mundo era diferente. Decidí hacerlo por Tess, a cambio del amor que me había dado, el amor que jamás me di cuenta de que necesitara hasta que ya fue demasiado tarde.

–¿Qué tengo que hacer?

–Di un número –contestó la voz, poniendo varios sobres de papel manila ante mí.

–El uno.

–Número uno –repitió la voz.

Me entregó el sobre marcado con aquel número, yo lo abrí y leí el informe. Sarah Malcolm, propietaria de un restaurante en apuros, y Harris Davidson, un empresario multimillonario.

No tenían nada en común. Seguí leyendo y la cosa no mejoró. Aquellos dos no estaban hechos el uno para el otro.

—Será una broma. No hay manera de hacer que estos dos se enamoren. Dame otro sobre.

Los sobres desaparecieron.

—Lo siento, pero has elegido ése y tienes que conseguir que esa pareja se enamore. Ah, por cierto, al jefe le gusta que se casen —dijo la voz alejándose.

—¿Y si no lo consigo?

—Has pedido perdón —me recordó.

—Sí, pero nunca creí que me lo fuera a conceder.

—Bueno, pues ya has visto que sí. ¿Alguna otra pregunta?

Millones de ellas. Aquélla era la experiencia más rara que jamás me había ocurrido, pero no podía fallar. Tenía que hacer de celestina, maldición. Si mis amigos me vieran en esos momentos, se reirían un buen rato a mi costa.

—Sí, ¿cómo me pongo en contacto contigo?

—Ya me pondré yo en contacto contigo —contestó desapareciendo.

«Menudo lío», pensé mientras mi cuerpo se quedaba atrás.

Vivo había sido un jefe de la mafia y de pronto era una celestina. Vaya lío.

Capítulo Uno

Sarah Malcolm llegaba tarde. Nada nuevo. Ya lo había intentado todo. Había adelantado el reloj un cuarto de hora, había probado varias rutas alternativas y había llegado a llevar un reloj en cada muñeca, pero no conseguía llegar nunca puntual.

Aquel día le había pedido ayuda a los gemelos para salir de casa en tiempo récord y así había sido, pero no había contado con que se le estropeara el coche.

Le pareció de adolescente darle una patada a la puerta del coche, así que esperó a que pasaran los demás vehículos para hacerlo.

El Citrus Grove Bank era su última oportunidad de mantener su restaurante, El Taste of Home, abierto. Si llegaba tarde, estaba segura de que al señor Max Tucker no le iba a impresionar que fuera capaz de mantener a flote un barco que se estaba hundiendo.

Tucker no le iba a dar su dinero a alguien que ni siquiera conseguía llegar a tiempo a una cita.

Maldición.

Había llegado el fin. Iba a tener que cerrar el restaurante y no iba a tener más remedio que buscarse dos trabajos para poder mantenerse a sí misma y a sus dos hermanos gemelos de dieciocho años.

Lo bueno era que los gemelos irían a la universidad el próximo curso y ambos tenían beca, pero para aquello todavía faltaba un año y ella tenía que conseguir que durante ese tiempo pudieran seguir viviendo en la casa de sus padres decentemente.

Sarah sintió que le empezaba a doler la cabeza.

En ese momento, vio que una limusina se paraba unos metros delante de su coche. Sarah parpadeó. Debían de ser imaginaciones suyas. Vio bajarse del asiento del conductor a un hombre bajito y gordito que llevaba unos pantalones informales, una camisa de vestir y una corbata con, madre mía, ángeles.

Para colmo, a aquel hombre de piel aceitunada y barba a pesar de que era muy pronto, le quedaba pequeña la camisa porque tenía mucha tripa.

–Hola, muñeca, ¿se te ha pinchado una rueda? –le preguntó con acento de Jersey mientras se acercaba a su coche.

–Ojalá fuera eso –sonrió Sarah.

En ese momento, se abrió la puerta de atrás de la limusina y apareció otro hombre. Aquél era alto y rubio y andaba con decisión. Tenía los ojos grises y, por cómo la miró, Sarah se dio cuenta de que era aquel segundo hombre el que daba las órdenes.

Cuando lo tuvo cerca, se percató de que se había quedado sin aliento. Tenía unos rasgos demasiado duros como para decir que era guapo, pero tenía un gran atractivo.

Sarah se alegró de haber aprendido hacía mucho tiempo que los cuentos con final feliz no existían, porque aquel hombre se parecía increíblemente a su versión del príncipe azul. Sin embargo, había salido con demasiadas ranas como para no saber que los príncipes azules sólo existían en los cuentos y ella había dejado de ser una niña hacía mucho tiempo.

–¿Qué pasa? –le preguntó acercándose.

–No lo sé –sonrió Sarah al darse cuenta de que llevaba una corbata con tiburones con las fauces abiertas.

El hombre miró el reloj y, luego, a su conductor.

–¿Quiere que la llevemos a algún sitio?

«Qué caballero», pensó Sarah.

Parecía que, por fin, todas las velas que había encendido en la iglesia rezando para encontrar a un hombre que mereciera la pena iban a haber servido de algo.

–Sí, muchas gracias. He llamado a una grúa, pero va a tardar media hora en venir y tengo que estar en el Citrus Grove Bank de Kaley dentro de un cuarto de hora.

–Entonces, vámonos –dijo el hombre yéndose hacia la limusina.

Sarah dudó.

No sabía si montarse en un coche con dos

desconocidos. Era cierto que había estado rezando para que un guapo caballero acudiera en su rescate, pero lo había estado haciendo desde que había cumplido dieciocho años y Paul había decidido que no quería hacerse cargo de dos niños de seis.

Hasta aquel momento, los hombres que habían oído sus plegarias no habían sido nunca muy espléndidos.

–Ahora que lo pienso, creo que me voy a quedar esperando a la grúa.

El conductor la miró fijamente y hubo algo en sus ojos que la tranquilizó, pero también decían que Ted Bundy tenía unos ojos muy bonitos.

–De verdad, no es ningún problema llevarla –dijo entregándole una tarjeta de visita de la empresa de limusinas para la que trabajaba, en la que figuraba su número de licencia–. Me llamo Ray King.

–Gracias –contestó Sarah mirando al otro hombre, que también se acercó.

–Harris Davidson –dijo alargando el brazo.

–Sarah Malcolm –repuso ella estrechándole la mano.

Aquel hombre llevaba la manicura hecha, pero tenía callos. Sarah decidió reflexionar sobre aquella incoherencia más tarde.

–Ahora que ya somos viejos conocidos, ¿nos vamos?

¿Lo había dicho con sarcasmo? Sarah no estaba segura, así que le sonrió como hacía con

10

su contable cuando le daba noticias que no le gustaban.

—Por supuesto, gracias por llevarme —contestó.

Sarah entró en el coche y se dio cuenta de que la mampara divisoria entre el conductor y ellos estaba subida y se preguntó de quién habría sido idea.

Pronto avanzaron por Orange Avenue. Orlando era una ciudad bonita, sobre todo en otoño, cuando ya habían pasado los días de calor intenso y las fiestas de Halloween estaban a la vuelta de la esquina.

—Gracias por parar.

—De nada —contestó Harris.

Sarah se dio cuenta de que aquel hombre no tenía ninguna intención de hablar hasta que llegaran al banco y le pareció bien. Miró el reloj y se preguntó qué haría su madre en una situación como aquélla.

Imposible saberlo pues siempre había intentado ser todo lo diferente de sus padres que pudiera. Ya estaba harta de darle vueltas a la cabeza.

—¿Vive por aquí? —le preguntó.

Lo cierto era que odiaba el silencio, sobre todo con las personas que no conocía. Cuando se ponía nerviosa, comenzaba a hablar y sus hermanos le tomaban el pelo por ello llamándola boquerón.

—No, vivo en California.

Sarah cruzó las piernas y él siguió el movimiento con los ojos. Sarah tiró del dobladillo de la falda hacia abajo, pues no le gustaban sus rodillas. Aunque tenía una talla treinta y ocho, siempre le había parecido que sus rodillas eran de elefante y se avergonzaba de ello.

—¿Dónde? ¿En San Diego, en Los Ángeles o en San Francisco?

—En Los Ángeles —contestó Harris—. En Belair para ser más exactos —carraspeó.

—¿De verdad?

Harris levantó una ceja y Sarah se dio cuenta de que le gustaría que lo dejara en paz, pero nada más lejos de su intención. Precisamente porque aquel hombre quería mantener las distancias, ella se sentía irremediablemente atraída a bombardearlo a preguntas.

—¿Y conoce a alguna estrella de cine? Yo siempre he pensado que me encantaría ir por allí, pero no he tenido tiempo todavía.

—No, no conozco a ninguna estrella de cine —contestó Harris hojeando el *Wall Street Journal* que tenía al lado.

Sarah sabía que aquello había sido una indirecta y se puso a mirar por la ventanilla. Vio que estaban a punto de llegar al banco y se preguntó qué pasaría si el señor Tucker le negara el crédito para ampliar el negocio.

—¿Y le gusta vivir allí? —le preguntó para distraerse

—Supongo que sí —contestó Harris desde detrás de las páginas del periódico.

A Sarah le encantaban los retos.

–¿Le gustaría vivir en otro sitio?

–No porque tendría que trasladar mi empresa.

–¿A qué se dedica?

–Señorita Malcolm…

–Sarah –sonrió ella.

Harris dejó el periódico en el asiento y, al hacerlo, Sarah se fijó en los músculos que cubrían aquella chaqueta y se preguntó cómo estaría sin ella.

Sí, definitivamente, llevaba demasiado tiempo sin salir con un hombre, así que decidió que, en cuanto volviera al restaurante, iba a llamar a Marcus, su contable, para aceptar la invitación a cenar por ahí que le había hecho.

–¿La pongo nerviosa?

Aquella pregunta la sorprendió.

–No, ¿por qué?

–¿Habla usted siempre tanto?

–Me temo que sí. De hecho, mi hermano siempre me toma el pelo por ello.

–Yo no soy su hermano.

–¿No me diga?

Harris ladeó la cabeza y la miró con intensidad.

La limusina se paró delante del banco y Sarah se preparó para bajar, pero Harris la agarró del brazo para impedírselo.

–No se calle ahora.

–Creí que eso era precisamente lo que quería.

–Puede que no lo sepa todo.

–Sin duda, no lo sé todo, ni mucho menos.

–Me gustan las mujeres que no temen admitir que no lo saben todo.

–Los hombres no suelen admitirlo porque les hace sentirse superiores –dijo Sarah guiñándole un ojo.

Harris no supo qué contestar. Nadie se atrevía a bromear con él porque siempre mantenía las distancias.

–Ya sabe que los hombres aprovechamos la mínima oportunidad.

Sarah sonrió y Harris no pudo evitar fijarse en su boca. Aquella mujer tenía los labios más sensuales que había visto jamás.

–Aunque no les vaya a conducir a ninguna parte.

¿De qué demonios estaban hablando? Ah, sí. Lo que Harris tenía muy claro era que lo que diferenciaba a las mujeres de los hombres, era que ellas nunca terminaban de entender que cuando un hombre conocía a una mujer y todavía no había conseguido poseerla, lo único que tenía en la cabeza era precisamente eso.

–A veces, hay que arriesgarse.

Sarah se apartó el pelo de la cara. Lo tenía negro, algo rizado y brillante y Harris estaba seguro de que sería sedoso al tacto.

Hacía mucho tiempo que no se acostaba con una mujer y se preguntó si Sarah sería lo suficientemente abierta de mente como para mantener una relación únicamente sexual con un hombre.

Harris llevaba sólo un mes y medio en Orlando y una relación así sería perfecta para él.

—En eso estamos de acuerdo —contestó ella con voz melosa.

Harris tenía muy claro que en la batalla de los sexos, los hombres tenían todas las de perder. Lo había visto en el caso de su padre, que había caído víctima tantas veces del supuesto sexo débil. Por eso precisamente él había intentado formar su propia familia con veintitantos años y no le había salido bien, así que no iba a volver a intentarlo.

—Otras veces ni siquiera merece la pena arriesgarse.

—¿Lo dice con amargura?

Harris sopesó la pregunta. No, lo cierto era que no les guardaba rencor a las mujeres, pero tenía muy claro que no quería nada serio con ellas.

—No, simplemente soy realista.

—Ah, realista. ¿Es usted de esos hombres que no creen en el amor? —le preguntó con una chispa de curiosidad en sus ojos castaños.

De repente, Harris sintió ganas de retarla, pues aquella mujer no se parecía a otras que había conocido. Aquella mujer tenía una alegría de vivir que el jamás había tenido y, de manera egoísta, quería tenerla cerca para que se la contagiara.

Sabía que no lo aguantaría demasiado tiempo, claro que tampoco tendría que hacerlo, pues el sólo la quería durante su estancia en Florida.

Muchas mujeres habían intentado cambiarlo, habían intentado enseñarlo a amar, pero él sabía que había cosas en un hombre que jamás cambiaban y, desde luego, él tenía muy claro que en su vida no había cabida para el amor.

—Ningún hombre cree en el amor —contestó.

—Sólo en el deseo, ¿verdad?

—El deseo puede ser maravilloso —contestó Harris, muriéndose por tocarla de nuevo.

Cuando se habían tocado por primera vez, al darse la mano en la carretera, lo único en lo que había pensado era que iba a llegar tarde a su cita, pero en ese momento quería quedarse con ella y esa reacción lo sorprendió, pues él nunca era espontáneo, nunca improvisaba, y no tenía intención de empezar a serlo.

—Tiene razón —dijo Sarah.

—Suelo tenerla.

Sarah rebuscó en su bolso y se puso las gafas de sol.

—¿Y qué me dice de las relaciones que siguen cuando se ha terminado el deseo?

Harris vio a su nuevo conductor bajándose del coche para abrirle la puerta a Sarah. No estaba muy contento con aquel hombre, pero Jeffrey O'Neil no se encontraba disponible porque había tenido una urgencia familiar.

Ray King no parecía entender su papel y Harris se dijo que iba a tener que recordárselo, pues él tenía muy claro que los empleados eran empleados y no amigos.

—¿Qué pasa con esas relaciones?

—¿Por qué continúan?

Lo cierto era que Harris nunca había tenido una relación duradera después de que la pasión se hubiera terminado y no sabía la respuesta a aquella pregunta.

—Por amistad, supongo.

—Puede que así sea.

—Nunca he tenido una relación así, pero supongo que las relaciones monógamas duraderas duran por los recuerdos del sexo y el vínculo de la amistad.

—Cómo se nota que es usted un hombre.

—¿He intentado yo convencerla en algún momento de que no lo era?

—No —contestó Sarah sonrojándose.

—¿Quiere que le demuestre que lo soy? —le preguntó Harris rezando para que dijera que sí, pero sabiendo que, a pesar de lo mucho que le gustaría acostarse con aquella mujer, jamás lo haría si eso significaba faltar a una cita de trabajo.

—¿Por qué está usted de repente tan hablador? —preguntó Sarah, tirándose del dobladillo de la falda de nuevo.

—¿Y por qué está usted de repente tan a la defensiva? —contestó Harris, apartándole las manos de las rodillas.

—¿Por qué no abre la puerta su conductor?

—¿Ansiosa por escapar?

Sarah se retiró un mechón de pelo de la cara.

—No quiero llegar tarde a mi cita.

Harris consultó su reloj.

—Todavía tiene diez minutos.

—Yo... maldita sea. Me pone nerviosa —confesó.

«Ajá», pensó Harris.

Aunque parecía diferente a otras mujeres, no lo era. No había descubierto sus secretos, pero aquel comentario le daba pie a creer que podría hacerlo.

—Eso es lo último que quiero.

—Entonces, deje de mirarme las piernas.

La mujer jovial había vuelto y a Harris le gustaba.

—No puedo evitarlo.

En ese momento, Ray abrió la puerta.

—Perdón, pero es que me han preguntado una dirección.

Harris asintió.

Sarah salió de la limusina y Harris se dio cuenta de que le gustaba mucho, pero se dijo que eso era porque llevaba mucho tiempo sin tener una amante. Lo que tenía que hacer era olvidarse de aquella mujer y concentrarse en el trabajo.

—Gracias por traerme.

—De nada.

—Tome la tarjeta de mi restaurante. Pásese cuando quiera y lo invito a comer a cambio de lo de hoy —dijo Sarah mordiéndose el labio inferior.

—No es necesario —contestó Harris.

—Para mí, sí lo es. No me gusta estar en deuda con nadie —contestó girándose hacia Ray y entregándole también una tarjeta.

Hecho aquello, no esperó una respuesta. Se volvió y se alejó. Ambos hombres se quedaron mirándola. Harris se encontraba más confundido que en mucho tiempo, pues aquella mujer había sacudido su rutinaria vida y tenía una cosa muy clara.

No pensaba ir jamás a su restaurante.

Capítulo Dos

Dos días después, Sarah seguía pensando en Harris.

Su restaurante era famoso por su ambiente encantador, su buena comida y su simpático personal, pero, aun así, le costaba llegar a fin de mes.

El señor Tucker, su banquero, le había denegado el crédito. Según los rumores que le habían llegado, el centro comercial en el que estaba el restaurante había sido vendido y los nuevos propietarios querían tirarlo abajo y construir uno nuevo al aire libre. ¿Para qué? En Florida, hacía mucho calor o siempre estaba lloviendo.

Aquello ya era lo último. Hacerse cargo de sus hermanos había sido todo un reto, pero ella siempre había querido casarse y tener hijos. Como sus hermanos ya eran mayores, había un montón de cosas que quería hacer, pero todavía no había decidido exactamente cuáles.

Los problemas financieros del restaurante la mantenían ocupada, pero eso no impedía que pensara en Harris.

Su restaurante estaba situado a una manzana del parque temático de Orlando, pero tenía muchas dificultades para competir con las grandes cadenas. Menos mal que desde hacía algún tiempo, como los invitaba a comer, los empleados de varios hoteles recomendaban su local a los clientes.

Aquella noche no había ido mucha gente, pero no estaba mal teniendo en cuenta que octubre no era un mes de mucho turismo.

Sarah debería estar contenta, pero no paraba de preguntarse por qué Harris Davidson no había ido.

Se recordó a sí misma que tenía otras muchas cosas en las que pensar, pero daba igual porque no podía negar la verdad. Harris le gustaba porque la hacía sentirse una mujer.

Estaba en su despacho, situado al fondo del restaurante y que antiguamente había sido un almacén. No había sido capaz de utilizar el de su padre, mucho más grande, y sus hermanos y ella habían decidido dejarlo tal y como estaba cuando sus progenitores murieron.

Lo cierto era que oír el trajín de la cocina la tranquilizaba. Otra cosa que solía apaciguarla cuando estaba preocupada era hacer pasteles, que era lo que mejor se le daba. De hecho, se le daba tan bien que hubiera preferido montar una panadería, pero sus padres siempre quisieron tener un pequeño restaurante de ambiente familiar.

Tenía puesto el CD de Lasha, la cantante

mexicana, cuyas canciones preferidas siempre eran de amor.

Sarah no había tenido suerte con los hombres en su vida. Aunque Paul había estado enamorado de ella, había querido formar su propia familia y no casarse con una mujer que ya tenía la suya formada.

Tomó la bola que tenía sobre la mesa y se quedó mirándola. No era que creyera que aquella bola tenía poderes especiales para ver el futuro, pero le gustaba jugar con ella.

—¿Volveré a ver a Harris? —le preguntó.

¡Si su hermano la viera con aquello, se iba a estar riendo un buen rato!

La flecha de la bola señaló el *sí*.

—¿Y dónde demonios está?

—¿Quién? —dijo una voz desde la puerta.

Sarah gritó y dio un respingo girándose para encontrarse con Harris. ¿Habría aparecido porque estaba pensando en él?

—Casi me da un infarto —le dijo poniéndose la mano en el pecho.

—Perdón —se disculpó Harris con un brillo en los ojos que dejaba muy claro que le había encantado darle aquel susto.

—¿Qué hace aquí?

—Pregunté por usted y su hermano me dijo que viniera.

—No tendría que haberse molestado en venir usted en persona. Le podría haber dado mi tarjeta a algún empleado y le hubiéramos preparado la comida para llevar.

Harris se acercó a ella tanto que a Sarah le pareció, absurdamente, que sentía su calor. Olía a colonia cara y de nuevo llevaba un elegante traje.

–No he venido a cenar –contestó Harris.

Sarah ladeó la cabeza y se dio cuenta de que le encantaría alargar la mano y acariciarle la cara. Para no hacerlo, entrelazó los dedos en el regazo.

–¿Ah, no?

Harris negó con la cabeza.

En aquel momento, comenzó a sonar en el equipo de música *Amado mío* y Sarah pensó que tendría que haber apagado la música en cuanto Harris había entrado. Escuchar una canción de amor con aquel hombre cerca era una locura.

–¿Y para qué ha venido entonces?

Harris le acarició la mejilla con un dedo y Sarah se estremeció. Había sido una caricia suave y ligera, pero había ocasionado una cascada de sensaciones caóticas en ella. Aquellas sensaciones que habían estado dormidas durante años volvieron a la vida y no fue de manera precisamente suave y ligera sino al galope.

–¿Usted qué cree?

A Sarah se le había acelerado el pulso y estaba segura de que él se había dado cuenta.

–Prefiero no saberlo.

–Venga, Sarah, inténtelo.

–Me parece que lo que quiere es que le suba la moral –contestó Sarah dando un paso atrás.

No debía olvidar que aquel hombre, como mucho, iba a querer una aventura y ella siempre había estado muy segura de sí misma y de su valía y no era el momento de olvidarse de ello.

Así que había acertado. Sarah estaba en lo cierto. Aquel hombre estaba dispuesto a meterse en su cama si ella se lo consentía, pero ella quería algo más aparte del contacto físico.

Siempre había necesitado algo más de sus relaciones. Seguramente por eso había estado sola la mayor parte de los últimos doce años.

—Es usted de esas mujeres que dejan huella —dijo Harris al cabo de unos minutos—. Es usted como el mercurio, deslumbrante y llamativa, pero sé que no la puedo tener.

Nunca nadie le había dicho algo así y lo cierto era que le estaba gustando. La voz de Harris le decía que allí había algo más que deseo.

—¿Y le gustaría tenerme?

—Por supuesto. Hace mucho tiempo que paso frío y usted promete calor.

—¿Qué tipo de calor?

—Físico.

—Yo no soy así —dijo Sarah, a pesar de que se estaba quemando en su propio fuego.

—Lo sé y por eso he mantenido las distancias hasta ahora.

—¿Y por qué ha venido a verme esta noche?

—Porque siento curiosidad.

—¿Por qué?

–Por usted.

Aquello era demasiado. Sarah necesitaba algunas respuestas antes de seguir adelante. Pasó al lado de Harris y salió del despacho. Necesitaba estar rodeada de gente para no hacer algo de lo que pudiera arrepentirse, como engañarse a sí misma creyendo que Harris se enamoraría algún día aunque hubiera dicho que no creía en el amor.

Ray estaba en el restaurante y Harris se dio cuenta de que la charla que habían tenido el día anterior sobre cómo debía comportarse, le había entrado por un oído y le había salido por el otro.

Sarah lo había dejado descolocado. No era la primera vez que iba tras una mujer y nunca le habían dicho que no. Sarah era diferente. Había algo en ella que le recordaba sueños del pasado. Harris apartó aquellos pensamientos y recuerdos de su cabeza.

Había una pequeña pista de baile en la que sonaba la misma música que había oído en el despacho de Sarah. Ray levantó una ceja cuando sus miradas se encontraron y Harris pensó que aquel conductor era demasiado atrevido.

Había una pareja bailando y, cuando Harris preguntó si la comida ya estaba lista, Ray le propuso que bailara con la señorita Malcolm mientras él esperaba.

–¿Sabe bailar? –preguntó ella.

Por supuesto que sí. Todos en su familia sabían bailar, pues habían sido educados para ir a fiestas, pero no quería bailar con ella.

El deseo se estaba apoderando de él y había visto algo en los ojos de Sarah que le había dejado claro que jamás se iría a la cama con él. Tenía que salir de aquel restaurante porque le recordaba todo lo que una vez había querido y jamás había podido tener.

–¿Y qué tal se le da el mambo?

–¿Cómo? –contestó Harris, dándose cuenta de que estaba empezando el *Mambo italiano,* de Rosemary Clooney.

No tenía muy claro para qué había ido aquella noche allí, pero no había sido para bailar el mambo. Lo cierto era que llevaba tiempo buscando una excusa para ir a aquel restaurante y, al final, Ray lo había llevado diciendo que tenían que cenar en algún sitio.

El conductor le había hecho sentirse como si se estuviera ocultando de Sarah y él nunca se ocultaba de nadie.

Por eso precisamente, nada más entrar había preguntado por ella, para demostrarse a sí mismo que allí no pasaba nada, pero lo cierto era que sí pasaba porque no había podido dejar de pensar en aquellas larguísimas piernas.

No era comida lo que quería. La quería a ella. Llevaba dos días pensando en ella, incluso en las reuniones de trabajo.

–¿Baila? –lo invitó Sarah.

Harris la siguió a la pista de baile a regaña-dientes. Habían pedido la comida para llevar porque él había insistido en ello y su plan había consistido simplemente en verla, pero era obvio que los planes no valían de nada cuando aquella mujer estaba cerca.

La falda le acariciaba las rodillas mientras andaba y llevaba una blusa sin mangas que dejaba al descubierto unos brazos bien torneados. Harris se preguntó si tendría los muslos igual de fuertes.

–¿Preparado? –le preguntó al llegar junto a su hermano Burt.

–¿Para qué? –inquirió Burt.

–Para bailar el mambo –contestó Harris.

–Oh, no. Debería de haberle dicho que no baila.

–Burt, cállate. Harris quiere aprender –dijo Sarah golpeando a su hermano en el brazo con cariño.

–Hermanita, ningún hombre quiere aprender a bailar el mambo.

–Claro que quieren. Si quieren gustarles a las mujeres tienen que hacerlo.

–Creo que yo me dedicaré a las relaciones puramente sexuales.

–Por eso, tal vez, tú estás trabajando esta noche e Isabella tenía una cita.

–¿No será que he preferido quedarme en el restaurante para ayudarte? –dijo Burt guiñándole un ojo a Harris.

–Tenemos personal –le recordó su hermana.

Harris se dio cuenta de que Sarah era diferente con su hermano y aquella diferencia le dejó claro que debería alejarse de ella, porque era obvio que a aquella mujer no le iba a interesar mantener una relación de cinco semanas con un hombre que vivía al otro lado del país.

Las fotografías familiares que había visto en su despacho, la música romántica que estaba escuchando y el cariño que veía en sus ojos mientras bromeaba con su hermano, dejaban claro que aquella mujer creía de verdad en el amor y en los cuentos con final feliz.

–Quiere aprender, ¿a que sí? –le preguntó.

Harris tuvo la impresión de que lo estaba poniendo a prueba y deseó haber esperado en la limusina a su conductor y no haber entrado para verla.

–Eh...

–Venga, Harris –lo animó Ray.

–No es para tanto.

–Los Miller ya están bailando y los demás clientes no están prestando atención –dijo Burt.

–Venga, vamos –accedió Harris.

Mientras se dirigía a la pista de baile, se dio cuenta de que Sarah estaba nerviosa porque se estaba mordiendo el labio inferior. Maldición. Se moría por besarla. El mambo le importaba un bledo, lo que quería era tenerla entre los brazos.

Estaba seguro de que cuando así fuera recobraría el control y no había nada más importante en el mundo para Harris Davidson que el control.

Tomó a Sarah entre sus brazos y se dijo que no era que fueran perfectos como dos piezas de un puzzle, sino que era simplemente compatibilidad física.

—¿Usted piensa lo mismo que mi hermano?

—¿Sobre qué?

—Sobre el deseo y el amor.

—Ya le dije el otro día que me quedo con el deseo.

—A ver si bailando cambia de opinión.

—Le puedo asegurar que va a hacer falta mucho más que un baile.

—Ya lo veremos. Parece un chico listo, así que le voy a enseñar los pasos y seguro que aprende rápido.

—Muchas gracias por decir que parezco listo. Habría sido una pena que me hubiera tomado por tonto después de tener un máster en Harvard.

—¿Harvard?

Harris asintió.

—Puede que entonces no sea tan inteligente como parece.

Sarah le agarró una mano y se la puso en la cadera. A continuación, le colocó la otra en el hombro.

Le enseñó los pasos, que eran bastante sencillos, y Harris falló un par de veces adrede por el mero placer de sentir el roce de su pierna. Sus caderas se movían de maravilla y ella lo miraba de forma intensa.

Allí había algo que no iba bien. Hacer daño a las mujeres nunca le había gustado. Jamás había engañado a nadie y no quería hacerlo. Aquella mujer simpática y amable no se lo merecía.

Había reconocido el lugar al llegar. Era uno de los terrenos que el consorcio iba a comprar y conocía bien a sus socios como para saber que el restaurante de Sarah no iba a tener cabida en el nuevo complejo comercial.

No podía tener nada con ella, demasiadas complicaciones.

Los aplausos lo sacaron de sus pensamientos.

—¿Lo pongo otra vez? —preguntó Burt.

Sarah negó con la cabeza, pero sin dejar de mirar a Harris a los ojos.

—Voy a ver qué tal va su comida.

Harris se dio cuenta de que quería alejarse de él, pero la siguió. La cocina parecía un hervidero, así que la tomó de la mano y la llevó a su despacho.

—No he venido por la comida.

—¿Ah, no?

—No.

—¿Entonces por qué ha venido?

—Por esto —contestó Harris besándola.

Capítulo Tres

Maldición.

Aquel hombre olía demasiado bien como para resistirse. Sarah sabía que había estado jugando con fuego y que, si las llamas sólo hubieran existido por su parte, habría podido controlarlas, pero había visto algo en él que le había resultado irresistible.

Algo que le decía que había sufrido tanto como ella, algo que le había tocado el corazón y que le había dicho que podría sanarlo.

Había algo en sus ojos que la animaba a forzar una reacción por su parte. No le había sorprendido que la besara y había decidido responder a su beso con pasión para que fluyera el deseo, pero después de haberlo conseguido se daba cuenta de que se había excedido.

Se había acostado con varios hombres, pero jamás ninguno le había hecho sentir lo que Harris la estaba haciendo sentir con un beso.

Sarah se había dado cuenta desde el principio de que a Harris le gustaban las cosas bien hechas y la trataba como si fuera una obra de arte a la que no estaba dispuesto a renunciar hasta que hubiera descubierto todos sus secretos.

Sarah se estremeció. No quería mostrarse vulnerable ante él pues aquel hombre tenía defensas que ella no estaba segura de poder derribar y no quería sufrir.

Sin embargo, sus caricias no la dejaban dudar, ni siquiera pensar con claridad. El calor que se había generado entre ellos mientras bailaban, estaba llegando en aquellos momentos a cotas preocupantes.

Harris besaba como un experto, mordisqueándole el labio inferior y agarrándola de la nuca para profundizar el beso con la lengua.

Sarah le pasó los brazos por el cuello y percibió el acelerado latir de su corazón, lo que la hizo sentirse orgullosa de sí misma, pues afectaba a aquel hombre tanto como él la afectaba a ella.

«Es sólo pasión», se advirtió a sí misma.

Pero una pasión como jamás había conocido. Aquello parecía un incendio descontrolado.

Harris la agarró por la cintura y la apretó contra su cuerpo. Tenía un torso fuerte y musculoso. Le separó las piernas con el muslo y comenzó a besarla por el cuello.

—Si no quieres que siga, dímelo.

Sarah intentó pensar. No sabía qué quería. No encontró palabras para decirle que parara ni que continuara, así que lo miró a los ojos.

Harris le acarició la mejilla y Sarah se dijo que aquel hombre no era para ella, pues estaba claro que sólo quería su cuerpo, pero se sentía atraída por él desde la primera vez que se habían visto.

Quería desatar sus emociones, pero no estaba segura de estar dispuesta a pagar el precio, así que dio un paso atrás.

–Yo... eh, maldición. Esto es más complicado de lo que creía.

–Las cosas son complicadas si nosotros las hacemos complicadas –contestó Harris.

–¿Qué quieres decir?

–Ven a mi hotel conmigo.

Sarah quería hacerlo, era lo que más le apetecía en el mundo, pero no era así de sencillo, porque la vida no era tan fácil como parecía en sus brazos y ella nunca había sido capaz de acostarse con un hombre sin sentir nada por él.

–Necesito más tiempo.

–Sólo me voy a quedar cinco semanas.

«Ahora lo entiendo», pensó Sarah presa de la decepción.

–Es una pena, pero ahora mismo llevo una vida muy complicada y lo último que necesito es otra complicación.

–Eres una mujer de honor, de las que ya no quedan.

–Te aseguro que no es el honor lo que me hace hablar así –contestó Sarah.

Deseaba a aquel hombre, pero quería algo más con él aparte de una noche.

–¿No?

–No quiero pasar contigo unas cuantas noches, quiero algo más.

–Pero yo no tengo nada más que ofrecer. Me gustas, Sarah, pero no voy a cambiar.

–Yo sólo quiero conocerte, no cambiarte.

–Somos muy diferentes.

–Sí, somos un hombre y una mujer y, por lo tanto, somos diferentes.

–No lo digo sólo por eso. Tú estás rodeada de gente a la que quieres...

–¿Y eso es malo? –lo interrumpió Sarah.

–Podría serlo.

–¿Por qué?

–Porque yo no quiero a nadie, Sarah.

–Y yo no te estoy pidiendo que me quieras.

–Ahora no, pero lo harías en el futuro.

Que lo diera por hecho molestó a Sarah sobremanera. Se conocía a sí misma y le gustaban los retos, pero jamás se le hubiera ocurrido pedirle a un hombre que la quisiera.

–Estás demasiado seguro de ti mismo.

Harris se encogió de hombros.

–No es que me crea irresistible, te lo aseguro.

–¿Entonces?

–El problema eres tú –dijo fijándose en las fotografías de sus padres, sus hermanos y sus empleados antes de irse.

Sarah se preguntó si se habría dado cuenta mirándolas de que ella trataba a sus empleados como si fueran de la familia.

Mientras lo veía irse dudó si aquel hombre

era lo mejor o lo peor que le había pasado en la vida.

Harris nunca había tenido suerte con las mujeres. Su madre lo había abandonado cuando tenía tres años y las dos mujeres con las que se había casado su padre también habían terminado yéndose.

La relación más larga que había tenido con una mujer había durado tres semanas y, cuando terminó, se había dado cuenta de lo que le pasaba. Lo cierto era que estaba condenado a vivir solo, a no casarse jamás.

Sin embargo, estaba cansado de ello.

Cuando salió del despacho de Sarah, su hermano ya se había ido y no le sorprendió que Ray se ofreciera a llevarla a casa.

Lo único que quería era alejarse de ella, irse al hotel e intentar recuperar parte del control que había perdido, pero en lugar de eso se encontraba en la parte trasera de una oscura limusina sentado a su lado

Sarah iba mirando por la ventanilla. Era la primera vez desde que se habían conocido que no tenía nada que decirle. Harris intentó sacar un tema de conversación, pero no se le daba bien hablar por hablar.

—Por fin, he descubierto la manera de que no hables.

—¿Contento?

Harris estaba acostumbrado al silencio, así

que debería haber estado contento, pero no lo estaba. Había algo en verla callada que le hacía pensar que le había hecho daño y eso lo entristecía, pues nunca había sido su intención.

Sin embargo, era incapaz de decírselo.

–No –contestó.

Sarah lo miró y Harris deseó que no lo hubiera hecho porque, al ver el dolor que observó en sus ojos, supo que él lo había causado.

–No sé qué quieres de mí, Harris –le dijo.

A Harris le encantó oír su nombre de sus labios, pero habría preferido que lo hubiera dicho con un poco más de alegría. No debería haber hecho caso a Ray, no deberían haber ido a buscar la cena al Taste of Home.

A sus treinta y cinco años, todavía no tenía un máster en mujeres.

–Yo tampoco lo sé –contestó sinceramente.

–Eso no es propio de ti.

–¿Cómo lo sabes?

¿Cómo lo sabía cuando no se conocían de nada? No, eso no era cierto. La verdad era que Harris la conocía mejor de lo que conocía a algunas mujeres con las que se había acostado.

Sabía que hablaba mucho excepto cuando estaba nerviosa. Sabía que se mordía el labio inferior cuando estaba inquieta. Sabía cómo gemía cuando la besaba.

Sí, claro que se conocían.

–Tu carácter queda claro en tus acciones.

Harris la miró con una ceja levantada. ¿Qué se suponía que contestaba uno a algo así? Rezó para que no lo conociera tan bien como sus palabras implicaban porque, de ser así, estaba metido en un buen lío.

Sarah se acercó a él y le puso la mano en la pierna.

—Estoy dispuesta a hacerlo.

Harris se dijo que debería decirle que no al instante, pero ya no podía pensar con claridad. Si moviera la mano unos centímetros hacia arriba, estaría en la gloria.

—¿A hacer qué?

—A seguir adelante con esto que hay entre nosotros.

Harris se dio cuenta de que, a pesar de que Sarah era diferente a las demás mujeres, estaban hablando de una relación, como le había ocurrido en otras ocasiones, y él sabía que a los hombres de la familia Davidson aquello no se les daba bien.

—Me voy el fin de semana de Acción de Gracias. No me podría quedar más tiempo aunque quisiera —le advirtió.

—Una aventura para las vacaciones, ¿eh? —contestó ella dibujando triángulos en su pantalón.

Harris se dio cuenta de que llevaba las uñas pintadas de rojo intenso, el mismo color de las rosas de *American Beauty* y él de rosas entendía un montón, porque habían sido la obsesión de su padre.

Las rosas tenían hojas muy suaves, tan suaves como la piel se Sarah. Se moría por vol-

37

verla a tocar, volverla a besar y acabar allí mismo, en la limusina, lo que habían empezado en su despacho.

—No estoy de vacaciones —contestó.

—No seas obtuso —dijo ella apartando la mano.

«Control, Harris».

El problema que tenían entre manos era sencillo. Sarah estaba intentando saber qué se proponía él para decidir si seguía adelante o no, pues cinco semanas era suficiente tiempo como para tener recuerdos cuando se separaran.

—¿Por qué estamos teniendo esta conversación? —le preguntó.

Sarah no contestó.

—¿Estás intentando justificarte por venir esta noche a mi hotel? Lo digo porque, si es así, se me ocurre una manera mucho mejor de convencerte.

Silencio de nuevo.

—Somos dos adultos que podrían tener una aventura.

—No estoy intentando justificarla.

—¿Entonces? —dijo Harris dándose cuenta de que estaba dispuesto a entrar en su juego para pasar una noche con ella.

Sarah estaba siempre sola pues le daba pereza salir con hombres. Con Harris no le daba ninguna pereza salirse de su rutina y aquello le daba miedo porque sabía que todo terminaría en poco más de un mes.

Sarah era consciente de que, a veces, ponía de excusa su negocio o sus responsabilidades familiares para no salir con hombres y aquello le hizo preguntarse si no estaría buscando a Don Perfecto, a un hombre que fuera su amante, su compañero y su amigo.

En los libros y en las películas parecía fácil encontrarlo, pero en la vida real no lo era. Tal vez, no existiera.

—No… no estoy muy segura de lo que quiero de ti, Harris —le dijo sinceramente.

Nunca se había sentido tan confusa con un hombre.

«Por favor, sólo es un hombre, nada más. No es el hombre de tus sueños», se dijo.

—¿Por qué lo haces tan difícil? —preguntó Harris acercándose a ella.

—No es mi intención, de verdad —contestó Sarah acercándose a él—. Lo que pasa es que siempre he esperado tener algo más que una aventura con los hombres con los que me he relacionado.

Harris le acarició el cuello y Sarah deseó que hiciera lo mismo con la boca.

—Yo sólo te puedo ofrecer una aventura.

Sarah apretó las piernas y deseó que dejara de tocarla. Mentira, lo que quería era que no parara jamás. Lo cierto era que ella no creía en el deseo a primera vista.

«¡Ja!», se burló su conciencia.

—Me parece que está claro que tenemos posturas completamente encontradas.

—Así es —contestó Harris, apartando la mano—. Por eso, precisamente, me muero por ti.

—¿Te mueres por mí? —dijo Sarah sorprendida.

—No te puedes ni imaginar cuánto —contestó Harris mirándola a los ojos.

Sarah se preguntó qué le habría pasado a Harris, qué tipo de vida habría llevado, para ser un hombre tan duro y frío.

Tuvo que entrelazar los dedos para no tocarlo porque sabía que había algo en Harris Davidson que no era lo que parecía.

Lo había visto en sus ojos cuando la miraban, lo había sentido en sus dedos cuando la tocaban, en sus palabras cuando le decía que la deseaba haciéndola creer que podría ser su hombre perfecto.

Harris podía ser más que una aventura.

—Ojalá no hubieras dicho eso.

—Cariño, a lo mejor no te vuelvo a ver, así que es mejor no andarse con rodeos.

—¿Por qué no quieres comprometerte a nada más allá de tu estancia aquí? ¿Es porque vives en California y yo aquí?

—Podría mentirte y decirte que sí, pero no lo voy a hacer.

—¿Entonces?

Harris se quedó mirando por la ventanilla y se pasó la mano por el pelo.

—Háblame de tu familia —le pidió.

–¿Por qué?

–Tú, simplemente, hazlo.

A Sarah no le gustaba hablar de sus padres porque los echaba terriblemente de menos. Todavía recordaba la noche en la que habían muerto, la noche en la que su vida había cambiado tanto.

–Mis padres eran los dueños del restaurante hasta que murieron hace doce años. Entonces, yo pasé a encargarme del negocio y de mis hermanos.

–¿Cómo murieron?

–Un conductor borracho se chocó contra nosotros. Mis hermanos y yo íbamos en el asiento de atrás.

Harris le acarició el hombro.

–No debería haberte pedido que me hablaras de tu familia.

–¿Por qué lo has hecho?

–Para que me entiendas. Tus padres se querían, ¿verdad?

–Por supuesto, no se habrían casado de no ser así.

–Tú has visto en tu casa la parte buena del amor, pero hay otro aspecto, más siniestro, y eso es lo que yo viví en la mía.

–¿Cuál es el aspecto siniestro del amor? –preguntó Sarah sin comprender.

–La obsesión.

–¿Quién estaba obsesionado en tu casa?

–Mi padre.

Sarah entendió entonces por qué Harris se comportaba como lo hacía con las mujeres.

–No te estoy pidiendo que me firmes un documento comprometiéndote a casarte conmigo, sólo quiero estar segura de que no me vas a utilizar.

Harris le tomó el rostro entre las manos mientras la limusina paraba ante su casa.

–Jamás te utilizaría.

Sarah lo besó.

–¿Quieres pasar a tomarte un café?

Harris la volvió a besar y Sarah se encontró metida en un torbellino de pasión del que sólo la sacó Ray abriendo la puerta.

Harris descendió del vehículo y la ayudó a bajar.

–Ya te llamaré –le dijo volviendo a subir en la limusina sin esperar una contestación.

Mientras lo veía alejarse, después de haber dicho aquellas palabras que habían sonado a que no la iba a llamar jamás, Sarah tomó una decisión. No había muchos hombres como Harris Davidson en el mundo y estaba dispuesta a luchar por él.

Capítulo Cuatro

Cuando salió de casa de Sarah, un par de días después, Harris pensó que la intención del consorcio era la correcta y que debía apoyarla. Tenía que concentrarse, ser inteligente e irse de Orlando cuanto antes sin volver a ver a Sarah.

Su primer instinto fue volver al hotel y estar solo, pero no quería acabar como su padre, pasándose quince años en alguna casa de por ahí de la que no iba a salir hasta su muerte.

—¿Conoce algún sitio para tomar una copa? —le preguntó al conductor.

—Claro que sí —contestó Ray—. ¿Algún problema de faldas?

—Nada que no pueda solucionar —dijo Harris creyendo sus propias palabras.

Tenía un buen plan: evitar a Sarah hasta que se fuera de la ciudad y no tenía que ser muy difícil.

—Sarah parece una mujer muy alegre —comentó Ray.

—¿Ha oído usted hablar alguna vez de las normas entre empleado y jefe?

—No, ¿por qué?

Harris levantó una ceja.

—Perdón, señor Davidson. Normalmente, soy un tipo formal.

—Ya me he dado cuenta.

—Entonces, ¿qué tal con Sarah?

Harris se dio cuenta de que Ray no iba a comportarse como un mero conductor, así que le dio al botón para subir la mampara de separación, pero se detuvo a medias.

Tal vez, en aquella ocasión y sin que sirviera de precedente, le vendría bien tener otra opinión porque la suya ya la sabía.

Cuando estaba con Sarah, se convertía en una hormona gigante.

—Me cuesta concentrarme cuando estoy con ella —confesó.

—Eso es buena señal —contestó Ray.

—¿Ha estado casado alguna vez?

—No... mi trabajo me lo impidió.

Harris se vio reflejado en su conductor, pues percibió un matiz en su tono que le recordó algo en lo que no le gustaba pensar, que era lo solo que se sentía a veces.

—Yo nunca he tenido intención de casarme, porque me parece una locura prometerle a una mujer que vas a estar toda la vida con ella.

—Yo antes pensaba lo mismo.

—¿Y por qué cambió de opinión?

—Es una larga historia.

Harris chasqueó la lengua.

—¿Problemas de faldas?

—Problemas, desde luego —contestó Ray—. ¿Va a llamar a Sarah?

–Voy a hacer lo que debería haber hecho desde el principio.

–¿Qué?

–Concentrarme en el trabajo y olvidarme de ella.

–No parece mala chica. ¿Lo sermonea o qué?

–No.

–Entonces, ¿es tonta?

–Le puedo asegurar que es muy inteligente.

Ray suspiró y paró la limusina en el arcén. Tras pensárselo un momento, puso el brazo sobre el respaldo del asiento y se giró hacia Harris.

–Dios sabe que no soy un experto en relaciones sentimentales, pero le voy a decir una cosa. No hay nada peor que hacerse mayor y darse cuenta de que dejaste escapar a la mujer de tu vida.

Las palabras de Ray tenían sentido, pero Harris no podía dejar de pensar en cómo habían sido las relaciones sentimentales de su familia, que se resumían en una palabra: obsesión.

Se trataba de una debilidad fatal que sufrían los hombres de la familia Davidson. Él había conseguido sacar algo positivo de aquella obsesión canalizándola para ganar dinero y le había ido muy bien.

En aquel momento, sonó el teléfono y Ray contestó.

–Lo estoy intentando –gruñó.

A Harris le pareció que era mejor que se

echara hacia atrás para que el conductor pudiera hablar en privado, pues aquello parecía una pelea en toda regla.

Lo cierto era que lo que Ray le había dicho tenía sentido, pues llevaba muchos años, desde los seis, huyendo de las relaciones, desde que su padre había sufrido una depresión y había tenido que ocuparse de él.

Sarah le gustaba pues le recordaba al hombre que siempre había querido ser. Tal vez, debería darle otra oportunidad.

Sin pensarlo, llamó al número de información y tres minutos después tenía su número de teléfono.

—¿Sí?

La voz sonaba entrecortada y grave, como si hubiera corrido para contestar. No debería haberla llamado. De todo aquello no iba a salir nada bueno, así que lo mejor que podía hacer era darse una ducha de agua fría.

—¿Quién es?

Harris carraspeó.

—Soy Harris.

—Ah, no esperaba volver a hablar contigo tan pronto.

—No tenía previsto llamarte tan pronto, la verdad.

—¿Y por qué lo has hecho?

—Para invitarte a cenar —improvisó Harris.

Sí, eso, invitándola a cenar le daba la opción de que le dijera que no y, así, podría dar carpetazo a aquella situación.

–¿A cenar?

En aquel momento, Harris oyó el roce de una tela y se preguntó qué estaría haciendo. Al imaginársela cambiándose de ropa, tuvo que hacer un esfuerzo para no gemir. Aquella mujer lo iba a matar.

–Tendría que ser cuando cierre el restaurante.

–Podríamos encargar algo en el servicio de habitaciones.

–¿Por qué haces esto, Harris?

–Sólo te estoy invitando a cenar. Millones de personas cenan juntas todas las noches.

–¿Eso quiere decir que soy como millones de personas?

No, aquella mujer era única y por eso, precisamente, quería cenar con ella. Sin embargo, no dijo nada.

–No sé –dudó Sarah pensando en voz alta.

–Cena conmigo.

–Cenar contigo no cambiará nada.

–Ni se me había pasado por la cabeza que fuera a cambiar algo.

–Entonces, ¿qué se te ha pasado por la cabeza?

–Que vas a ser mi perdición.

–Harris.

–Le voy a decir a Ray que vaya a buscarte cuando cierres el restaurante.

–Está bien.

Harris colgó el teléfono sabiendo que tenía que hacer que aquella noche fuera inolvidable. No podía permitir que entre ellos hubiera algo más que una noche, porque aquella mujer despertaba en él los sentimientos de los que le había hablado su padre, aquellos sentimientos comparados con los cuales su trabajo perdía importancia, aquellos sentimientos que se había prometido a sí mismo no sentir jamás.

Aquél no estaba siendo un buen día para Sarah.

Había tenido que ir al instituto dos veces. La primera porque Burt se había peleado y la segunda porque a Isabella se le había roto la falda y tuvo que llevarle otra.

Para colmo, el horno no funcionaba bien y acababa de recibir una nota del arrendador diciéndole que habían vendido el centro comercial y que los nuevos propietarios se pondrían en contacto con ella en breve.

Sin embargo, no podía dejar de pensar en la cita que tenía aquella noche con Harris. Le hubiera gustado pintarse las uñas de los pies e incluso comprarse algo nuevo, pero no tenía ni tiempo ni dinero.

Las luces de la ciudad pasaban a toda velocidad por la ventanilla de la limusina mientras Ray la llevaba al hotel Dolphin, situado dentro del parque temático de Disney y en el que había estado una vez con unas amigas en el karaoke.

Junto a ella, había una rosa roja y una nota escrita por Harris en la que se leía: *La noche es nuestra.*

Su primer impulso había sido decirle a Ray que diera la vuelta y la llevara a casa, pues no sabía lo que Harris esperaba de ella. Bueno, eso no era del todo cierto porque se hacía una ligera idea.

El problema era que no se sentía preparada para ello porque Harris representaba un gran cambio y en aquellos momentos ella no estaba dispuesta a introducir cambios en su vida, cuando hacía poco tiempo que había conseguido sentirse cómoda consigo misma.

No le gustaba ir sola en la parte de atrás de la limusina porque no quería darle demasiadas vueltas a la cabeza, así que bajó la mampara.

–¿Sí, señora? –le preguntó Ray.

Sarah se preguntó qué habría hecho aquel hombre antes de ser conductor, porque había algo en su forma de hablar y de comportarse que indicaba que había desempeñado cargos de más importancia.

–¿Qué tal la noche, Ray?

–No demasiado mal –contestó el conductor, dándole vueltas al puro que tenía entre los labios.

–¿Cómo ha llegado usted a este trabajo?

–Me ha caído, más o menos, del cielo.

–¿Y a qué se dedicaba antes?

–A esto y a aquello.

–¿No quiere hablar de ello?

Ray tenía aspecto de ser un hombre triste y solitario y Sarah temía que Harris terminara así dentro de unos años.

49

–¿Cómo lo ha sabido?

–No soy tan tonta como parezco –bromeó haciéndolo reír.

Unos de sus dones era hacer reír a los demás.

–¿Qué sabe de Harris? ¿Hace mucho tiempo que trabaja para él?

–Ésta es la primera vez.

–Vaya, así que no sabrá si va en serio o en broma, ¿verdad?

–¿Por qué dice eso? –preguntó Ray mirándola por el espejo retrovisor.

–Por nada, cosas mías. Es que no estoy segura de mí misma –contestó Sarah más para sí misma que para el conductor.

–¿Por qué?

–Porque no soy una mujer sofisticada y cosmopolita y todo apunta a que Harris está acostumbrado a ellas.

–Quizás, precisamente, su encanto resida en que no es sofisticada y cosmopolita.

–¿Usted cree?

–¿Por qué no? No se subestime, Sarah. Es usted una mujer muy guapa –le aseguró el conductor.

Unos minutos después, ya ante el hotel de Harris, le abrió la puerta y le guiñó un ojo, pero Sarah seguía sintiéndose insegura.

Nunca había ido a cenar a la habitación de un hombre, ella no era así. Tal vez, se había equivocado.

Lo mejor sería decirle a Ray que la llevara

de vuelta a casa, ya llamaría a Harris desde la limusina para darle explicaciones.

–¿Sarah?

Sarah se giró y se encontró con él.

–Hola, Harris.

–Vaya, quería estar en mi habitación cuando llegaras, pero se me ha hecho tarde.

Parecía nervioso y eso hizo que Sarah se sintiera mucho mejor.

–¿Tienes hambre?

Sarah se quedó mirándolo y se dio cuenta de que no lo sabía. Harris estaba diferente. No llevaba un traje de quinientos dólares que lo diferenciara de los demás clientes que había en el vestíbulo.

Aun así, sobresalía de la multitud. Había algo en sus ojos de acero gris que hizo comprender a Sarah que acercarse a aquel hombre iba a resultar prácticamente imposible.

Llevaba una camisa de seda beige abierta en el cuello y unos vaqueros tan desgastados que se ajustaban a su cuerpo como una segunda piel.

Sarah se preguntó a quién quería engañar. Su objetivo yendo allí aquella noche no era enseñar a Harris a amar sino acostarse con él.

Lo deseaba.

Sarah seguía yendo a la iglesia una vez a la semana y seguía poniendo velas porque quería encontrar a un hombre que le demostrara que la vida no era tan horrible como ella creía.

Quería ser feliz como esas parejas que se

enamoraban en las películas, quería creer en la ilusión que la embargaba siempre que estaba con Harris.

Harris la tomó del brazo y la condujo hacia los ascensores. Su caricia se extendió por su cuerpo como un incendio. Se estremeció y pensó que, tal vez, sólo había ido allí aquella noche por una cuestión puramente carnal.

Hacía mucho tiempo que no se acostaba con un hombre.

Harris deslizó la mano por su brazo y entrelazó los dedos con los suyos. Sarah lo miró a los ojos y sonrió.

Definitivamente, Harris estaba diferente aquella noche.

–¿Preparada?

–Sí –contestó, dándose cuenta de que empezaba la aventura.

La habitación de Harris daba al Epcot Center, pero él nunca había entrado en el parque temático a pesar de que había estado muchas veces en Florida.

No creía en la fantasía y no veía el sentido de gastar el dinero en algo que no le iba a gustar.

Sin embargo, le gustaba el hotel Dolphin porque se parecía mucho a los hoteles orientales, de decoración tan minimalista, que tanto le gustaban cuando viajaba por Asia.

Ver a Sarah allí hizo que se diera cuenta de

lo diferentes que eran. Su padre había perseguido una fantasía toda su vida y había terminado encerrado en casa.

Aquello era una advertencia que no debía ignorar.

—No parece una habitación de hotel —comentó Sarah mirando a su alrededor.

—Viajo tanto que me gusta llevarme ciertas cosas conmigo.

—¿Ah, sí?

—Sí, me llevo libros.

—¿Te gusta leer?

A Harris le encantaba leer, pero no quería parecer un pedante ante ella. ¿Por qué le importaba tanto lo que aquella mujer pensara de él?

—Sí.

—A mí también.

Cuando Sarah lo miró a los ojos, Harris le sostuvo la mirada y se dio cuenta de que aquella mujer no se estaba creyendo su pose, como se la habían creído las demás mujeres con las que se había acostado.

No quería saber nada sobre ella, si le gustaba leer o no, sólo quería tenerla en una urna para observarla y recrearse en las respuestas sexuales que provocaba en él.

Quería observar su sonrisa y creer, durante unas semanas, que se la merecía.

—Espero que te guste la comida japonesa —comentó, indicándole que se sentara a cenar.

—Me encanta —contestó Sarah—. Hay un restaurante japonés muy bueno en el centro que se llama Ichiban.

Tras poner un CD de Mozart, Harris también se sentó.

—Por la casualidad —brindó Sarah cuando le sirvió una tacita de sake.

—¿Por qué por la casualidad? —preguntó Harris brindando.

Sarah se mordió el labio inferior.

«Está nerviosa», pensó Harris.

—Porque nos ha unido.

—¿Cómo lo sabes? —le preguntó Harris acariciándole la mejilla.

—¿Qué otra cosa ha podido ser? —repuso Sarah ladeando la cabeza.

¿Por qué no dejaban de hablar y se besaban de una vez?

—Mala suerte —contestó Harris por fin.

—¿Mala? —exclamó Sarah apartando la cara.

—Te recuerdo que fue porque se te estropeó el coche —dijo Harris concentrándose en los palillos, que le parecieron duros y recios comparados con la suavidad de su piel.

—Pero fue para bien.

—No estoy seguro de ello.

—¿Por qué?

—¿Por qué no cenamos primero y ya hablaremos luego?

Sarah no dijo nada.

—¿Así vives? —le preguntó cuando terminaron de cenar.

—Sí, más o menos —contestó Harris.

–Sabía que eras un adicto al trabajo.

–Como tú.

–¿Y no tienes fotos de tu familia?

–No tengo familia.

–¿Fuiste un niño probeta o algo así?

–No, tuve padre y madre. De hecho, mi padre sigue vivo.

–Entonces, sí tienes familia.

–Más bien, no.

–¿Quieres que hablemos de ello?

Harris sabía que le estaba ofreciendo su comprensión, pero no quería su piedad sino su pasión.

–¿Te sentirías más cómoda?

–No lo sé. Tú sabes muchas cosas de mí, pero yo ni siquiera sé en qué trabajas.

Harris se dedicaba a hacer que personas que ya tenían muchísimo dinero ganaran todavía más, pero quedaba muy feo decirlo así.

–Soy analista financiero.

–Con un máster en Harvard.

–¿Ves como sabes más cosas sobre mí de las que crees? –dijo Harris acariciándole la pantorrilla con el pie.

Sarah lo miró sorprendida, pero no dijo nada.

–¿Por qué no consideras que tienes familia si tu padre sigue vivo?

Harris retiró el pie inmediatamente. Quería seducir a aquella mujer, pero no quería abrirle su alma, no quería hablar de su padre. Maldición. No debería ni haberlo mencionado.

–Es… diferente.

–¿Por qué?

Harris no quería seguir hablando de aquello, no quería que Sarah supiera el bloqueo mental que tenía sobre las relaciones afectivas, pero ella le tomó las manos entre las suyas. Le acarició los nudillos y lo miró a los ojos. Entonces, Harris entendió lo que podría haber entre ellos y aquello fue suficiente para que se sincerara.

–No quiere vivir, nunca sale de casa.

–Oh, Harris.

–Ya te dije que en mi casa había conocido el lado siniestro del amor.

–¿Y ahora?

–¿Qué pasa ahora?

–¿Soy sólo una obsesión?

–No lo sé –contestó abrazándola y dándole aquel beso que llevaba tanto tiempo deseando darle.

Capítulo Cinco

Sarah pensó que tendría que salir de aquella habitación corriendo, pero las piernas no le respondían.

Sentir los brazos de Harris alrededor de su cuerpo la había hecho sentirse mejor de lo que se había sentido jamás desde la muerte de sus padres hacía doce años.

Demasiado bien.

Además, conocía sus puntos débiles mejor que mucha gente. Sabía que llevaba toda la vida esperando a un hombre como Harris.

Llevaba esperándolo desde mucho antes de darse cuenta de que la vida real raras veces se parecía a la ficción.

Su verdadero punto débil era que quería a alguien que la cuidara, alguien grande y fuerte que quisiera ayudarla con sus problemas.

Se apartó de Harris a pesar de que lo que más le apetecía era desnudarse y dejar que la tomara, se pasó la mano por el pelo e intentó recobrar la compostura a pesar de que el corazón le latía aceleradamente.

Había un asunto inacabado entre ellos y no debía permitir que las cosas fueran mucho más lejos porque, cuando la había abrazado, se había dado cuenta de que aquel hombre de ojos tormentosos le gustaba de verdad.

Aquel hombre que hacía que olvidara que los finales felices no eran para ella, aquel hombre que la estaba mirando como si fuera su peor enemigo, le gustaba de verdad.

Estaba tan nerviosa que no podía hablar. Harris no dejaba de mirarla.

—Necesito una copa —musitó.

Sarah se quedó mirando mientras se servía un whisky y se sentó en el sofá que había junto al ventanal.

—Ven aquí —le dijo.

—Creo que prefiero quedarme de pie para escuchar lo que tengas que decirme —contestó él.

—Lo único que quiero es que terminemos la conversación de antes.

—¿Es realmente necesario?

—Para mí, sí —contestó Sarah sinceramente.

Para ella, era importante saber que no era una más entre un millón porque él no lo era para ella.

Harris suspiró y se pasó la mano por el pelo.

Sarah deseó poder hacer lo mismo, deseó poder besarlo, tomar la iniciativa por una vez.

Tal vez, aquella noche...

—Has dicho que conocernos fue mala suerte.

Harris se sirvió otro whisky y se lo tomó de un trago.

—No sé si te va a interesar lo que yo opino so-

58

bre la suerte —comentó acercándose a los ventanales.

—Claro que me interesa.

—Las relaciones, y estoy hablando única y exclusivamente de las relaciones empresariales, son difíciles de mantener y eso que los implicados tienen un objetivo común.

—¿Y los hombres y las mujeres no lo tienen?

—Por lo que yo he visto, no.

—Eso es lo que tú dices, pero tú no eres tu padre.

—Eso ya lo sé.

—Me parece que tú y yo somos diferentes.

—¿Por qué dices eso? ¿Para apaciguar la voz de tu conciencia si te acuestas conmigo? —preguntó con sarcasmo.

Sarah se dio cuenta de que emplear la ironía era su mecanismo de defensa.

—Eso ha sido un golpe bajo.

—Perdón —se disculpó Harris.

—¿De verdad crees eso?

—Claro que no. No quiero seguir hablando de esto. No estoy seguro de que la suerte exista, pero si existe...

Sarah se puso en pie y fue hacia él.

—¿Si existe?

—Si existe, espero que haya un buen karma entre nosotros porque lo último que quiero es hacerte daño.

—Oh, Harris.

Harris no dijo nada más. Se limitó a tomarla entre sus brazos y a besarla con desesperación.

Mientras se besaban, Sarah pensó que le daba miedo que Harris supiera que podría hacerle daño, pero se consoló pensando en el sincero ardor que había visto en sus ojos, un deseo que la había hecho sentirse como si fuera la única mujer sobre la faz de la tierra.

Harris comenzó a besarla por el cuello, haciéndola sentir una necesidad que hacía mucho tiempo que desconocía.

—Harris —gimió apretándose contra él.

Harris la miró a los ojos.

—Ya basta de hablar —contestó poniéndole un dedo sobre los labios.

Sarah se introdujo el dedo en la boca y lo mordisqueó. A Harris se le oscurecieron los ojos, la agarró de las caderas y se apretó contra ella.

Sarah lo besó, sintiendo su erección entre las piernas. Jamás había sentido tanta pasión con un hombre. Le costaba pensar con claridad.

Sintió la boca de Harris en el cuello y se dio cuenta de que le dolían los pechos de deseo. Como si le hubiera leído el pensamiento, le masajeó un pezón mientras introducía la otra mano por debajo de su falda, apartaba las braguitas y encontraba el centro de su feminidad.

Una vez allí, lo masajeó en círculos haciéndola gemir de placer. Harris introdujo dos dedos en su cuerpo y Sarah se aferró a sus hombros.

Mientras lo hacía, siguió masajeando con su pulgar aquel promontorio tan sensible, haciendo que cada vez se acercara más al orgasmo, haciendo que se le entrecortara la respiración.

Hasta que llegó el clímax y Sarah se dejó llevar con un estremecimiento. Miró a Harris, que seguía excitado, a los ojos y deslizó la mano entre sus cuerpos para darle el mismo placer, pero él se lo impidió.

–Deja algo para la cama –le dijo tomándola en brazos y conduciéndola a su habitación–. No te muevas –le indicó encendiendo la luz.

–¿Me quieres intimidar?

–No, pero quiero que sepas que llevo algunos días obsesionado contigo.

–¿De verdad?

No se podía creer que aquel hombre necesitara algo de ella, de Sarah Malcolm, y no de cualquier otra mujer.

Harris le tomó la mano y se la puso entre las piernas. Sarah sólo podía pensar en satisfacer sus instintos más primarios. Le acarició el bulto que había bajo la cremallera haciéndolo gemir.

–A lo mejor, esto es todo lo que tengo que darte –le advirtió.

–Estoy segura de que puedo conseguir que creas que hay algo más –contestó ella muriéndose por verlo desnudo.

–No te puedo prometer nada.

–Sólo te pido una cosa.

–¿Qué? –preguntó Harris mirándola a los ojos.

—Hazme tuya —contestó Sarah pasándole los brazos por el cuello.

Harris sólo había suplicado dos veces en su vida. La primera había sido con seis años, cuando su madre se había ido de casa y él se había agarrado a su pierna para intentar evitarlo y la segunda había sido cuando le había pedido a Mona que siguieran adelante con su relación.

Mientras abrazaba a Sarah, se dio cuenta de que le encantaría suplicarle que no lo abandonara jamás.

«Maldición».

Aquella mujer no significaba nada para él, no podía arriesgarse. Aquello no era nada más que una aventura.

Habían hablado demasiado, así que decidió dejarle las cosas claras por la mañana Porque había visto en sus ojos que Sarah creía que aquello era algo más que una aventura.

Sarah le desabrochó la camisa y la tiró al suelo.

—El día que nos conocimos… te imaginé… en la cama sin camisa —le dijo con voz ronca.

—¿De verdad? ¿Sólo sin camisa? —sonrió Harris.

—No, eso sólo fue al principio de la fantasía, pero no quiero prisas.

—A tus órdenes, me encantan las fantasías —mintió Harris dispuesto a dejarla disfrutar.

Aquella noche, estaba dispuesto a ser su príncipe azul, estaba dispuesto a fingir que no llevaba armadura, estaba dispuesto a hacer lo que ella quisiera.

—¿Qué te parece? —bromeó marcando bíceps.

—Perfecto —contestó Sarah sentándose a su lado en la cama y acariciándole el torso.

Sus caricias eran abrasadoras y Harris sintió que toda la sangre de su cuerpo se agolpaba en la entrepierna. Se acabaron los juegos. Se acabó la espera. Necesitaba desesperadamente introducirse en su cuerpo.

La tomó en brazos y la besó con ferocidad mientras la desnudaba con destreza. Cuando estuvieron desnudos de cintura para arriba y retozando en la cama, sintió la humedad de su cuerpo a través de la tela de los pantalones.

Harris tuvo que hacer un esfuerzo para no llegar al clímax en aquel preciso instante.

Abrió los ojos y vio la pasión de su rostro. Aquella mujer era tan receptiva que resultaba tan embriagadora como el whisky. Estar con ella hacía que se sintiera como un primer amante despertando la sensualidad en una mujer y la experiencia estaba resultando enloquecedora.

Le acarició la espalda y se detuvo en sus nalgas mientras se frotaba contra ella. Sarah gimió y Harris perdió el control.

Capturó uno de sus pezones entre sus labios mientras Sarah hundía los dedos en su pelo.

Cuando cambió de pecho para satisfacer también al otro pezón, Sarah le clavó las uñas en la espalda.

A continuación, deslizó una mano entre sus cuerpos y le bajó la bragueta. A partir de ahí, Harris siguió solo y pronto estuvo completamente desnudo.

Al sentir la mano de Sarah por primera vez en su erección creyó morir y, de hecho, se estremeció.

–¿Esto también formaba parte de tu fantasía? –le preguntó mientras ella acariciaba su masculinidad.

–Sí –contestó ella explorando su cuerpo.

A continuación, le mordisqueó un pezón y deslizó la lengua por su abdomen hasta llegar a su erección, que también disfrutó de sus labios, haciendo que Harris se estremeciera de placer.

–Ya no aguanto más –le advirtió.

–Pues no aguantes.

–¿Estás tomando la píldora?

–Sí...

–Yo dono sangre regularmente y no tengo ninguna enfermedad.

–Yo tampoco –contestó Sarah.

–Ahora que todo ha quedado aclarado... –dijo Harris colocándose entre sus piernas.

Comprobó que estaba lista acariciándole la entrepierna hasta hacer que Sarah lo agarrara de los hombros y lo llevara hacia ella.

–Ahora, Harris.

Harris sonrió mientras la penetraba y pronto sus caderas establecieron un ritmo frenético hasta que oyó el mismo gemido que había oído antes en el salón. Entonces, le echó las piernas hacia atrás para penetrarla mejor y consiguió dar un par de embestidas más antes de sentir un escalofrío en la columna vertebral y vaciar su cuerpo en el de Sarah gritando su nombre.

Cuando terminaron, se dejó caer a su lado, todavía dentro de ella, sin querer salir porque acababa de ver un atisbo del paraíso y no quería perderlo.

Capítulo Seis

Sarah nunca había dormido en una cama que no fuera la suya. La cama de Harris era todo un lujo pues, para empezar, las sábanas eran suyas y no del hotel.

Sarah se dio la vuelta, hundió la cara en la almohada y tomó aire. Alargó el brazo en busca de Harris, pero la cama estaba vacía.

Abrió los ojos. Eran poco más de las siete de la mañana y era sábado, el único día que podía dormir porque los domingos madrugaba para ir a misa.

El sol de Florida entraba por la ventana y Sarah tuvo que enfrentarse a sus dudas. Se estremeció al pensar que tenía que ponerse en acción. ¿Por qué se preocupaba? Seguramente, Harris se estaría duchando y preparando el desayuno.

¿Y si se había ido y estaba sola? La noche anterior le había advertido que no le prometía nada y ella había estado de acuerdo, pero en ese momento se daba cuenta de que necesitaba promesas, de que necesitaba algo más de él.

Aquella situación le recordó la que había vivido con Paul cuando la dejó, haciéndola sen-

66

tirse pequeña y poca cosa, pero ya no era una cría sino una mujer hecha y derecha y no se iba a pasar todo el día escondida en aquella cama.

Se vistió a toda prisa y, cuando estaba terminando, Harris la saludó desde la puerta. Se había duchado y afeitado y parecía un vikingo, sobre todo porque la estaba mirando con unos ojos tan fríos como el Mar del Norte.

Harris llevaba unas cuantas cosas en la mano, pero Sarah no se dio cuenta de lo que eran. De lo que sí se dio cuenta era de que Harris no la miraba a los ojos.

Obviamente, se arrepentía de lo que había pasado.

—Buenos días —contestó peinándose con los dedos.

Desde luego, no era justo que él estuviera tan estupendo que podría aparecer en la portada de una revista y ella estuviera hecha un asco.

—Te he traído unas cuantas cosas de aseo —le dijo.

Entonces, Sarah se dio cuenta de que le había llevado jabón, un cepillo de dientes y un peine.

—Gracias —le contestó alargando la mano para tomar el cepillo de dientes.

En lugar de dárselo, Harris le apartó un rizo de la cara y Sarah sintió el primer destello de esperanza desde que se había despertado sola. La caricia había sido tan ligera que temió haberla imaginado.

Tragó saliva e intentó pensar cómo convencerlo de que, tal vez, tenían una oportunidad y de que lo suyo no tenía por qué ser sólo sexo.

—Me muero por besarte —le dijo por fin dando un paso hacia él, dispuesta a llevárselo de nuevo a la cama.

Pero Harris dio un paso atrás. Sarah sintió como si la hubiera abofeteado. Miró a su alrededor buscando su bolso, pero no lo vio, así que pasó de largo junto a Harris y se dirigió al salón.

Allí estaba.

—Maldita sea, Sarah, me he prometido a mí mismo que no me voy a volver a acostar contigo.

—¿Por qué?

¿Acaso tenía una especie de norma que le impedía acostarse con la misma mujer más de una noche?

—Tenemos que hablar —contestó Harris.

—Me parece que no me va a gustar lo que me vas a decir —repuso Sarah.

—A mí no me está gustando nada lo que estoy pensando porque, si por mí fuera, te aseguro que preferiría quedarme contigo en la cama todo el fin de semana.

A Sarah le hubiera encantado que aquello se cumpliera, pero se estaba dando cuenta de que se estaba haciendo demasiadas ilusiones con aquel hombre.

—Me parece una buena idea.

—Si lo hiciéramos, pronto estarías preocupada por tus hermanos o por tu restaurante.

–Te aseguro que, cuando me tocas, no puedo pensar en nada.

–No me digas esas cosas porque estoy intentando comportarme como un caballero.

–No hace falta que lo intentes porque lo eres –le aseguró Sarah.

Se había dado cuenta de que Harris era demasiado duro consigo mismo, pero decidió que no quería seguir hablando en aquel momento.

–Me voy a duchar y a vestirme –anunció.

Harris asintió.

–Voy a llamar a Ray para que te lleve a casa. Si quieres, podemos comer juntos.

A Sarah le parecía una buena idea, pero se dio cuenta de que Harris estaba más distante aquella mañana. Por lo que decía, era obvio que quería pasar tiempo con ella para conocerla, pero su lenguaje corporal decía otra cosa...

¿Le daba miedo que le hiciera daño?

–¿Por qué no te vienes conmigo y desayunas en mi casa? Así, podremos hablar.

Harris no estaba muy seguro de cómo había terminado en el bungalow que Sarah llamaba hogar, pero allí estaba, en el patio de atrás, rodeado por su familia y su conductor.

Ray era un hombre un tanto raro. Lo cierto era que era amable y divertido, pero a veces se quedaba callado de una manera extraña.

A Harris no le había hecho ninguna gracia tener que compartir mesa con un empleado, pero Sarah lo había mirado de una manera tan fría que le había dejado claro que para ella era lo más normal del mundo y que era mejor que se fuera acostumbrando.

Ray tampoco parecía muy cómodo. Al llegar a casa de Sarah, había recibido una llamada en su teléfono móvil y Harris le había oído decir «déjame en paz, maldita sea, estoy haciendo todo lo que puedo».

Al llegar a casa de Sarah, se había llevado una buena sorpresa al enterarse de que Burt tenía una hermana que se llamaba Isabella, su gemela, que era exactamente igual que Sarah.

Al verse rodeado de su familia, se sintió un completo extraño y se dio cuenta de que la distancia que había interpuesto entre ellos, para supuestamente proteger a Sarah, existía en realidad para protegerse a sí mismo.

Aquello le sirvió para decidir que no quería terminar como su padre, solo y resuelto a no compartir su vida con nadie por miedo a volver a sufrir.

—Hasta luego —se despidió Burt.

—Burt, me tienes que llevar al instituto.

—Isabella, no soy tu chófer.

Harris los oyó discutir hasta que la puerta de la calle se cerró tras ellos.

—Así están todo el día, es de locos —dijo Sarah.

En aquel momento, sonó el móvil de Ray y

el conductor contestó, habló y, tras colgar, sonrió satisfecho.

–¿Su jefe? –preguntó Sarah.

–Sí, la verdad es que se mete en todo, pero eso ya lo sabía cuando acepté este trabajo.

–Por eso, precisamente, yo decidí poner mi propia empresa y no me arrepiento –intervino Harris–. Lo cierto es que, en estos años, me he dado cuenta de que uno sólo puede fiarse de sí mismo.

–Estoy completamente de acuerdo –contestó Ray.

En aquel momento, volvió a sonar su móvil.

–Le espero en el coche –anunció tras maldecir.

–¿Decías en serio que sólo confías en ti mismo? –le preguntó Sarah una vez a solas.

–Claro que sí.

–A mí me parece que, haciendo eso, al final te quedas solo.

–Yo estoy contento así. Tengo mi trabajo y me basta. ¿Qué más puedo pedir?

–¿Qué me dices de una familia? –insistió Sarah.

A Harris no le estaba gustando el cariz que estaba adquiriendo aquella conversación, porque sabía que no iba a poder convencer a Sarah de que el que estaba en lo cierto era él.

Sus vidas eran diferentes y ellos eran diferentes pues, a pesar de que había perdido a sus padres, Sarah no había quedado marcada como él por el comportamiento de su progenitor.

–Pero tú también tienes tu propio negocio –le recordó.

–En realidad, el restaurante era el sueño de mis padres. Yo me limito a seguir haciéndolo funcionar para asegurarles el futuro a mis hermanos.

Harris se dio cuenta de que Sarah dudaba de sí misma y le pareció una gran ironía, pues él estaba seguro de que no había conocido jamás a una mujer tan fuerte como ella. Por eso, decidió ayudarla a tener más autoestima.

–¿Qué me dices de tus sueños? –le preguntó.

–¿Mis sueños?

–Sí, tus sueños. ¿No tienes ningún sueño? –insistió Harris, acariciándole la mejilla.

–Claro que sí, todos tenemos sueños.

–¿Y cuál es el tuyo?

–¿Seguro que quieres que te lo cuente?

–¿No eras tú la que quería que nos conociéramos mejor?

–Touchée.

Sarah tomó la taza de café entre sus manos.

–Te vas a reír.

–Te prometo que no.

–¿De verdad?

Harris se limitó a mirarla a los ojos.

Sarah suspiró.

–Yo siempre he querido casarme y tener hijos. Mi sueño es encontrar al hombre perfecto y tener hijos con él. Sé que no es políticamente correcto decirlo, pero así es y...

–¿Por qué no has intentado hacerlo realidad? –preguntó Harris, a pesar de que estaba convencido de que él jamás sería aquel hombre perfecto.

¿Y qué? Iba a volver a la costa oeste en pocas semanas, así que aquello no tenía por qué importarle.

–Porque tengo que hacerme cargo del restaurante y ningún hombre quiere ayudarte con dos hermanos pequeños.

–Pero tus hermanos ya son mayores –protestó Harris, dándose cuenta de que Sarah no le estaba contando toda la verdad–. ¿No era tu gran sueño?

–Sí, bueno... lo cierto es que ya me he ocupado de dos niños y ahora no estoy segura de que quiera volverlo a hacer.

–Entonces, ¿qué es lo que te apetece?

–No lo sé.

Harris sabía que le estaba mintiendo.

–Confía en mí, Sarah, dímelo.

Sarah tragó saliva y se puso a jugar con el tenedor.

–Nunca se lo he contado a nadie.

Aquello hizo que Harris se sintiera muy bien.

–Cuéntamelo –la animó.

–Me encantaría abrir una panadería.

–¿Y por qué no lo haces?

–Ya te he dicho que tengo que seguir con el restaurante para que Burt e Isabella tengan algo el día de mañana.

–¿Y tú?

–Ya basta de hablar de mí. ¿Qué me dices de ti? ¿No te has planteado casarte y tener hijos?

–No, demasiadas complicaciones. A mí me gusta tenerlo todo bajo control.

–A las personas es difícil controlarlas.

–Efectivamente, y te puedes llevar sorpresas desagradables. Sobre todo, cuando te decepcionan.

–¿Emocionalmente hablando? –preguntó Sarah.

–No, laboralmente hablando –contestó Harris.

–¿Para ti sólo existe el trabajo?

–Efectivamente –repuso Harris con sinceridad.

Había aprendido por las malas que era lo único en lo que podía confiar.

–Yo creo que tienes miedo.

–¿De qué?

–De darte cuenta de que estás equivocado.

–No me importa equivocarme y, de hecho, cuando me ocurre, lo admito.

–Sí, pero si te equivocaras con una persona, querría decir que tu vida se ha construido sobre una ilusión.

–¿Y quién te dice a ti que la tuya no?

–Yo soy feliz.

–Me alegro por ti. A mí me van bien los negocios y soy un hombre respetado por ello. De hecho, llevo una vida que mucha gente envidia.

–¿Es suficiente?

Harris estuvo a punto de decir que no, pero no podía ser tan débil. No en aquel momento, no con ella. Tenía que volver a trabajar, tenía que volver al ambiente donde lo tenía todo bajo control.

–Normalmente, sí –contestó poniéndose en pie y paseándose por el jardín para alejarse del paraíso que Sarah había creado con su hogar y sus palabras, que lo tentaban como la manzana a Adán.

La diferencia era que, en aquella ocasión, la manzana lo introduciría en el paraíso y no lo echaría de él y Harris sabía que él no se merecía vivir en el paraíso.

–Creí que íbamos a hablar de nosotros –dijo Sarah siguiéndolo.

–¿Acaso hay un «nosotros»?

Harris nunca había formado parte de algo así, nunca había tenido pareja, y aunque una parte de sí mismo quería que Sarah contestara que sí, otra sabía que era mejor que no lo hiciera.

–Podría haberlo, pero tendrías que confiar en mí.

–No me resulta fácil confiar en la gente, Sarah.

–Podría ser porque todavía no has conocido a la persona adecuada.

–Podría ser.

–Yo creo que es eso y estoy dispuesta a enseñarte todo lo que sé sobre la confianza.

Harris se quedó pensando en ello, se quedó pensando en lo bien que se lo había pasado entre sus brazos y en los sentimientos que aquella mujer despertaba en él, debería decirle que no, pero creyó que podría controlar la situación.

Aun así, durante los días siguientes, Harris evitó siempre que le fue posible ver a Sarah e ir a su casa, porque su familia le atraía como sólo su trabajo lo había atraído antes.

Menos mal que, cuando terminara su trabajo en Orlando, había aceptado otro en Tokio. Tenía la excusa perfecta para irse.

Halloween era el jueves siguiente y poco después era el Día de Acción de Gracias. Harris odiaba especialmente aquella festividad, pues se suponía que todas las familias felices se reunían y él no tenía una familia feliz.

Por eso, siempre estaba fuera de Estados Unidos cuando llegaban aquellas fiestas y aquel año no iba a hacer una excepción.

Ray se las había ingeniado para llevarlo al restaurante de Sarah dos veces, pero él se las había arreglado para no entrar en ninguna de las dos ocasiones. Se había quedado en el coche hablando con Marshall Turner y el consorcio que había comprado el centro comercial en el que se ubicaba el local.

Cada vez que su conciencia le hacía notar que Sarah se iba a ver afectada por una de sus decisiones laborales, se ponía a pensar en otra cosa y se decía que la vida personal y la profesional no tenían nada que ver.

No sabía qué hacer con su relación con Sarah, pero sí sabía que estar con ella lo hacía desearla de una manera que no podía ser buena.

Quería volver a acostarse con ella para exorcizar al demonio que se había apoderado de su alma, quería sobreponerse a aquella obsesión y retomar su vida normal.

Sin embargo, no quería que Sarah se hiciera más ilusiones.

Ray paró por tercera vez en el Taste of Home, pero ya eran más de las diez, así que no podía ser para cenar.

—¿Qué hacemos aquí? —le preguntó a su conductor.

—El coche de Sarah está otra vez en el taller y le he dicho que vendríamos a recogerla.

—La próxima vez, consúltamelo primero.

—Sí, señor —contestó Ray, que había dejado de ser cordial después de que Harris se negara a ir a casa de Sarah por primera vez.

—Ray, te tomas tu trabajo demasiado en serio. Te pago para que me lleves en coche, no para que conduzcas mi vida.

—Pues alguien tiene que hacerlo.

—Desde luego, tú no.

—Yo no, pero Sarah sí.

—¿De qué me estás hablando, Ray?

—Estoy intentando ayudarlos.

—Pues no lo hagas porque, no sé si te habrás

dado cuenta, pero yo no soy el hombre adecuado para ella.

–Puede que tenga razón, pero le aseguro que, si la deja ir, se arrepentirá.

–Ya me arrepiento.

–Pues las cosas irán a peor.

–Tal vez, tenga que cargar con ello.

–Tal vez.

Harris se preguntó si Ray no habría pasado o estaría pasando por una situación similar, pues parecía saber muy bien lo que decía.

–Aquí viene.

Ray salió del coche y le abrió la puerta. Sarah entró, pero se paró en seco cuando vio que Harris se hallaba dentro.

Harris, a su vez, pensó que estaba más guapa que nunca y deseó tomarla de la mano y besarla hasta dejarla sin aliento.

–No sabía que fueras a venir tú también –protestó Sarah.

–Es mi coche –le recordó Harris.

–Sí, pero es que tenía la impresión de que me estabas evitando.

–¿Qué pasa? ¿Somos colegiales?

Sarah se ruborizó.

–No te pongas en plan sarcástico.

Aquello hizo que Harris se sintiera mal consigo mismo.

–Entra, no te voy a morder.

–Ésa sería la menor de las ofensas que podrías infligirme –contestó Sarah sentándose.

Olía a lasaña y Harris se dio cuenta de que

tenía hambre, pero de ella. Sin embargo, al comportarse como lo había hecho, había interpuesto un muro entre ellos que sólo él podría derribar.

Sarah permaneció en silencio mientras la limusina se deslizaba por la noche de octubre. Al final, suspiró y lo miró.

–Creía que nos ibas a dar una oportunidad.

–No... puedo.

Sarah se acercó a él y Harris tuvo que apretar los puños para no tocarla. Se moría por tocarla, lo necesitaba, soñaba con ello.

Sintió que el sudor le resbalaba por la espalda y se preguntó si no sería ya demasiado tarde para intentar olvidarse de aquella mujer. Su cuerpo le estaba diciendo que, evidentemente, así era.

«Deja de luchar contra ti mismo antes de que Sarah desaparezca de tu vida, como todas las demás», se dijo.

Sarah le puso la mano en el muslo y lo miró a los ojos. Harris se moría por besarla, pero su parte más cínica le recordó que aquella mujer era demasiado buena para ser verdad, para querer algo con él.

–Si no me quieres ver, deja de venir a mi restaurante.

–No es que no te quiera ver, sino que eres demasiado buena para mí. Si fueras de otra manera, no me lo habría pensado dos veces.

–¿Cómo soy?

—Eres de esas personas que creen que la vida es algo más que una carrera de ratas.

—Si crees que soy así, deja que te enseñe mi realidad.

—No quiero pasarme la vida buscando algo que sé que no existe.

—¿Lo dices por tu padre?

Harris se encogió de hombros y Sarah le pasó el brazo por los hombros y apoyó la cabeza en su pecho.

—Yo soy la prueba viviente de que sí existe. Inténtalo.

—¿Cómo?

—Ven a la fiesta de Halloween que vamos a dar en el restaurante. Tienes que venir disfrazado.

—Yo nunca me disfrazo.

—Va a ser muy divertido.

¿Divertido? Aquello iba a ser una tortura, pero, envuelto en su aroma, en sus encantos, Harris se encontró asintiendo. Menos mal que iba a haber más gente.

Capítulo Siete

Había brujas y murciélagos colgados del techo y Burt, vestido de trasgo, con un hacha en la cabeza y una camiseta ensangrentada, daba la bienvenida a los niños que iban a pedir chucherías.

Isabella, que pertenecía al grupo de teatro, se había puesto el vestido que había lucido en la representación de *Romeo y Julieta* del año pasado y todo el personal del restaurante iba también disfrazado.

Dado que era la anfitriona, Sarah había elegido disfrazarse de Elvira, mujer de la noche y, con la ayuda de un wonderbra, creía que estaba realmente bien.

El restaurante se encontraba lleno de gente y Sarah estaba encantada pues, por fin, parecía que el local iba bien.

Había contratado a una orquesta y todo el mundo parecía encantado, pero faltaba Harris. Sarah no sabía si iba a ir. A pesar de que había dicho que sí, era obvio que aquel tipo de fiestas no le gustaban, que no se sentía cómodo.

Pensó en llamarlo, pero no lo hizo porque

no quería ir tras él. Si estaba interesado en ella, tendría que ser él quien diera el siguiente paso.

En aquel momento, se abrió la puerta y lo vio. No iba disfrazado. Llevaba el maletín en una mano y un ramo de flores en la otra.

Sarah se sintió tan contenta de verlo que se asustó. No debería emocionarse tanto con su relación, pues Harris se habría ido para el Día de Acción de Gracias. Aun así, no pudo controlarse y corrió a su lado.

—Para ti —dijo Harris entregándole las flores.

Ningún hombre le había comprado antes flores y aquel pequeño detalle le llegó al corazón.

—Gracias —contestó tras olerlas.

—Ya me encargo yo de la fiesta mientras tú vas a ponerlas en agua —intervino Burt.

Sarah asintió y fue a su despacho, pero no tenía florero.

—¿Por qué no las dejas en el frigorífico hasta que te vayas a casa? —sugirió Harris.

—Buena idea. ¿Tienes hambre?

Harris la miró de arriba abajo haciéndola enrojecer.

—Yo no estoy en la carta —dijo al darse cuenta de que le estaba mirando los pechos.

—Pues deberías estar.

—¿De verdad? ¿Para que pudieras compararme con otras?

—Jamás haría eso.

A Sarah le hubiera gustado preguntarle si lo

decía en serio, pero no lo hizo porque no le quería agobiar.

—¿Has cenado?

—No me ha dado tiempo —contestó Harris.

—Siéntate y ahora te traigo algo.

Al cabo de varios viajes, había montado un picnic en el suelo de su despacho. Mientras Harris cenaba, Sarah intentó mantener una conversación interesante, pero pronto se dio cuenta de que no sabía qué decir porque su relación era muy frágil.

—Me estoy leyendo el libro que me recomendaste el otro día y me está gustando, tenías razón —comentó Harris.

—¿De verdad? Lo cierto es que suelo tener razón siempre —bromeó Sarah.

—¿Ah, sí? Aparte de con el libro, ¿con qué más has tenido razón?

—Sabía que te lo ibas a pasar bien si venías hoy.

—Se te da muy bien juzgar a la gente.

—Contigo no ha sido difícil porque no tienes doblez.

—No soy misterioso, ¿eh?

—Hay cosas en ti que jamás entenderé, pero tus gustos literarios y gastronómicos son fáciles de predecir.

Harris le acarició la mejilla.

—No te esfuerces demasiado en entenderme. Sólo soy un hombre normal y corriente.

—Eres un hombre muy especial —murmuró Sarah.

Harris la besó en los labios con delicadeza, pero un golpe en la puerta los interrumpió.

—Te necesitamos ahí fuera para el concurso de disfraces —dijo Burt asomando la cabeza.

—Ahora mismo voy —contestó su hermana—. ¿Vienes? Nos vendría bien tener un miembro más en el jurado —le propuso a Harris.

—No —dijo él poniéndose en pie—. Ve tú delante. Yo recojo esto y te sigo.

Sarah asintió y dejó a Harris a solas en su despacho. Siempre que intentaba hacerlo formar parte de algo, él se echaba atrás, pero ella estaba decidida a seguir intentándolo.

Harris iba conduciendo el coche de Sarah porque Burt e Isabella se habían llevado la limusina a una fiesta en los estudios Universal, así que Sarah y él estaba solos.

Había conseguido zafarse del concurso de disfraces quedándose en el despacho de Sarah a hacer unas llamadas y no creía que lo hubiera echado de menos.

Le había resultado muy difícil no unirse a los demás porque había una parte de él, el niño que siempre había envidiado a los amigos que tenían familias normales y que salían aquella noche a pedir golosinas, que se moría por participar en la fiesta de Halloween.

No lo había hecho porque no creía que echar raíces allí le fuera a hacer ningún bien.

Sarah encendió la radio y sintonizó una

emisora de jazz. Mientras conducía, Harris hizo como si no pasara nada, como si aquella noche fuera una noche normal, pero no era así. Ninguna noche con Sarah era normal y él lo sabía mejor que nadie.

Al llegar a su casa, apagó el motor, pero no salió del coche a pesar de que se moría por hacerle el amor, por abrazarla toda la noche y levantarse a su lado. Por primera vez en su vida, quería algo más que sexo y aquello le daba miedo.

—¿Qué te pasa? —dijo Sarah abriendo su puerta y viendo que él no se movía.

—No quiero que pienses lo que no es —contestó Harris.

Aquella noche, viéndola en su elemento, había tomado la decisión de no hacerla cambiar. No quería irse y dejarla a ella con los mismos temores que él tenía. Sarah no se merecía aquello porque había algo puro en ella y en su forma de ver la vida. El mundo necesitaba más gente como ella.

—¿Sobre qué? —le preguntó quitándose la peluca.

—Sobre nosotros.

Sarah cerró la puerta y se giró hacia él.

—Ya me has dicho mil veces que te vas dentro de unas semanas y me doy por advertida —le dijo muy seria.

Harris le pasó el brazo por los hombros y le acarició la nuca. Sarah se estremeció y Harris se preguntó por qué demonios había empezado aquella conversación cuando ninguna mujer había reaccionado así de rápido a sus caricias.

—Me distraes.

—Pues no soy una sex-symbol, precisamente.

—Te aseguro que, para mí, sí lo eres. Cuando estoy cerca de ti, te deseo al instante.

—¿De verdad?

—De verdad, yo nunca miento —contestó Harris acariciándole el escote.

—Ya me doy cuenta —dijo Sarah poniéndole una mano en el muslo—. ¿Se puede saber qué hacemos en el coche?

—Quiero que entiendas una cosa.

—¿Qué? —preguntó Sarah con voz ronca y las pupilas dilatadas.

Harris estaba completamente excitado también y no pudo evitar agachar la cabeza y besarle los pechos, pero entonces recordó que no quería hacerle daño y la miró a los ojos.

—Me haces querer ser mejor de lo que soy, pero no estoy seguro de poderlo conseguir —confesó.

—Deja de preocuparte por mí. La muerte de mis padres me enseñó una cosa muy importante: que hay que disfrutar del momento.

—¿Es eso lo que quieres ahora?

Sarah le tocó el rostro con ambas manos y lo besó con pasión.

—Lo que quiero es convencerte de que nos merecemos algo más que esto.

—¿Y cómo lo vas a hacer?

–Enseñándote lo que te estás perdiendo –sonrió Sarah.

–No me dejes hacerte daño. No podría perdonármelo jamás.

–No te preocupes, mi felicidad depende de mí, no de ti.

–¿Seguro? –dijo Harris saliendo del coche.

–Seguro –contestó Sarah aceptando su brazo y entrando en casa–. Esta noche, te voy a enseñar lo que es la felicidad.

Una semana después, Sarah estaba sola en su despacho pensando en Harris. Lo cierto era que creía que se estaba enamorando de él y aquello la asustaba. No le servía de nada pensar que el Día de Acción de Gracias estaba a la vuelta de la esquina.

De hecho, eso no hacía sino empeorar las cosas porque, desde la muerte de sus padres, las fiestas familiares se le hacían muy cuesta arriba.

Harris era todo lo que buscaba en un hombre. Además de ser perfectos el uno para el otro en la cama, se entendían en todo lo demás y Sarah se dio cuenta de que iba a tener que arriesgarlo todo si quería que siguiera formando parte de su vida.

No era que quisiera, era que lo necesitaba.

El problema era que se marchaba a Tokio dentro de dos semanas y no iba a cambiar su forma de vida por una mujer como ella, una pequeña empresaria dueña de un restaurante que no iba bien.

De repente, se sintió agobiada y salió del restaurante. Roger Hammond, el encargado, estaba allí, así que no había problema.

Se subió al coche aunque no lo puso en marcha y marcó el número de Harris.

–¿Sí?

Al oír su voz, Sarah sintió un escalofrío por la espalda. Aunque Harris era tímido a la hora de hablar de sus sentimientos, no lo era a la hora de compartir la cama y en las dos últimas semanas, Sarah había aprendido mucho de él, pero había llegado el momento de que él aprendiera de ella.

–Hola, soy yo –le dijo.

–Hola, ¿qué tal estás?

–Quiero verte.

Sarah oyó ruido de papeles.

–Terminaré dentro de una hora. ¿Nos vemos en tu casa?

«Esta noche, no», pensó Sarah.

Aquella noche iba a dejar a la Sarah de siempre atrás y le resultaría imposible hacerlo en su dormitorio.

–No, mejor voy yo a tu hotel.

–¿Pasa algo?

–No, sólo quiero darte una sorpresa.

–¿Y no puedes hacerlo con tus hermanos en casa?

–No cuando quiero seducir a mi hombre.

–No deberías haber dicho eso.

—¿Por qué? —ronroneó Sarah.

—Porque tengo que seguir trabajando una hora más.

Por primera vez desde que se habían conocido, Sarah tuvo la sensación de que a Harris le molestaba su trabajo y aquello la ilusionó.

—Así trabajarás más rápido —bromeó.

—Te puedo asegurar que sí.

—Bueno, te dejo trabajar —le dijo al oír el teclado del ordenador.

—Sí, nos vemos luego.

—Muy bien, hasta luego.

—¿Sarah?

—¿Sí?

—¿De verdad soy tu hombre? —preguntó Harris en tono vulnerable.

—Por supuesto que sí —le aseguró ella sinceramente sabiendo que, en realidad, que fuera o no su hombre dependía única y exclusivamente de él.

—Nunca he tenido algo así antes.

—¿A qué te refieres?

—Nunca he tenido una relación.

—Pues vete acostumbrando.

—Eso es precisamente lo que me da miedo, que me estoy acostumbrando.

—No pienso dejarte ir así de fácilmente.

—Estoy empezando a creerte —dijo Harris en voz baja.

—Me alegro —repuso Sarah satisfecha—. ¿A qué hora va a ir Ray a buscarte?

—Dentro de una hora.

–Mejor, una hora y media y necesito que me hagas un favor.

–Dime.

–Necesito que me dejes una llave de tu suite en recepción.

–Eso está hecho.

–¿Así? ¿Sin preguntas?

–Confío en ti.

–¿De verdad?

–En esto, sí.

Aunque le dolió que no fuera en todo lo demás también, Sarah sabía que iba a necesitar más que unas semanas con Harris para conseguir que confiara en ella por completo, pero su objetivo era otro mucho más importante: quería ganarse su amor.

–Llama a la puerta cuando llegues... –le dijo.

–Sarah...

–No digas nada más. Los dos sabemos lo que hay –lo interrumpió ella.

–Lo siento.

–No lo sientas porque te voy a hacer cambiar de opinión –le aseguró antes de colgar el teléfono.

Capítulo Ocho

«Te voy a hacer cambiar de opinión».

Las palabras de Sarah resonaban en la cabeza de Harris exactamente igual que la filosofía de su padre: mordiscos de amor.

La compra del centro comercial estaba casi cerrada. Harris se masajeó la nuca. Si todo salía como estaba planeado, iba a terminar aquel proyecto dos semanas antes de lo previsto.

Obviamente, había sido porque había trabajado más que nunca para no tener ninguna razón para quedarse en Orlando, ninguna razón para pasar más tiempo en casa de Sarah, porque aquella casa le estaba empezando a parecer su hogar, aquel hogar que había deseado una vez y que no tenía nada que ver con tener fabulosos cuadros de Chagall en la pared ni cristalería de Bohemia en la mesa.

El Día de Acción de Gracias estaba a la vuelta de la esquina y Harris se estremecía cada vez que pensaba en él. Odiaba aquel tipo de celebraciones. Por eso, pasaba tanto tiempo en Asia, porque allí no las celebraban. Las que celebraban por aquellas latitudes no le traían recuerdos desagradables y podía disfrutarlas.

Lo malo era que siempre se sentía solo. Hasta conocer a Sarah no le había importado, pero ya no le cabía en la cabeza celebrar el Año Nuevo chino solo, viendo los fuegos artificiales desde la habitación del hotel.

Para colmo, compartir esos momentos con una mujer que no fuera ella sería todavía peor. Maldición. Precisamente por eso había evitado las relaciones personales hasta aquel momento.

Entró en su hotel y se deshizo el nudo de la corbata mientras avanzaba hacia los ascensores.

A su alrededor se agolpaban familias exhaustas y achicharradas por el sol que, obviamente, habían pasado el día en Disney World. Harris no entendía que hubiera personas cuya idea de unas buenas vacaciones fuera el agotamiento.

Él, cuando quería descansar, se iba a una remota isla del Pacífico Sur donde no había teléfono, fax ni ordenadores.

Al salir del ascensor, se dirigió hacia su habitación lentamente. Sarah le daba miedo. Lo cierto era que era mucho más fácil ser una máquina de trabajar, estar todo el día pendiente del trabajo y no relacionarse con nadie porque, así, tenía todo bajo control.

Con Sarah, no tenía nada bajo control.

En aquel momento, le entraron ganas de bajar de nuevo al vestíbulo del hotel, llamarla por teléfono y decirle que se fuera a casa.

Sin embargo, hacía tiempo que había descubierto que esconderse de sus propios miedos era peor que hacerles frente, así que siguió avanzando por el pasillo.

Había intentado mantener un muro entre ellos, pero era obvio que Sarah estaba dispuesta a derribarlo.

Al llegar a la puerta de su habitación, insertó la tarjeta, la abrió y entró. La habitación estaba a oscuras y aquello lo sorprendió, pues esperaba que aquella mujer, a la que creía enamorada, lo estuviera esperando con pétalos de rosa en el suelo y velas por todas partes o algo parecido.

Sarah estaba sentada en el salón observando los fuegos artificiales. Harris dejó el maletín en el suelo y se sintió culpable, pues había cambiado a una chica que creía en los príncipes azules y en los cuentos con final feliz y la había introducido en la fría soledad que era su vida.

Su realidad. La realidad de los hombres de la familia Davidson. El amor era un lugar frío y solitario. Ni siquiera importaba si Sarah lo amaba o no. Harris sabía que le gustaba y eso era suficiente, estaba pagando por ello.

Sonaba la música de la Dave Matthews Band y Sarah estaba tomándose una copa de vino. Harris se quedó mirándola sin saber qué decir. Su mente era un caos, un torbellino que no había podido controlar desde que la había conocido.

Sentía una desesperación dentro de sí cada

vez que la veía o que pensaba en ella y se le antojó que, quizás, eso fuera lo que experimentaba su padre cada vez que tenía una relación amorosa.

–¿Sarah? –dijo harto de esconderse hasta de sí mismo.

Sarah se puso en pie en mitad de la oscuridad y lo miró con un brillo especial en los ojos, emocionada. Harris pensó que aquello debería de haberle gustado, pero no era así porque aquella mujer se merecía a un hombre que supiera valorar su afecto, no a un hombre como él, que huía de sí mismo, no a un hombre como él, que se escondía de ella y de su afecto.

Harris cruzó la estancia lentamente. No sabía qué decir para hacerla sentir cómoda, pero algo tenía que intentar, así que decidió abrazarla.

–Para –le dijo Sarah.

Harris se detuvo en seco.

Sarah dio un trago de vino.

–Me he servido una copa, espero que no te importe.

–Claro que no. He llegado un poco tarde.

–No pasa nada. Me he echado atrás.

–¿A qué te refieres? –preguntó Harris.

–Quería parecerme a las mujeres con las que te sueles acostar, pero... lo siento.

–¿Por qué?

–Por toda esta historia de la seducción. Lo he intentado, de verdad, pero me sentía rara.

–¿Qué hay de raro entre tú y yo? –preguntó Harris acercándose a ella.

Necesitaba tocarla, abrazarla. Sabía que, si se equivocaba, ella se iría y no quería que se fuera. No quería que se fuera jamás, pero no estaba seguro de tener derecho a pedirle que se quedara, aunque sólo fuera una noche.

–Nada, entre tú y yo no hay nada raro, pero me estaba dando la impresión de que estaba intentando ser alguien que, en realidad, no soy.

–Pues no lo hagas –dijo Harris parándose a pocos milímetros de ella y aspirando su olor a flores.

La besó y sintió cómo le temblaban los labios. Cuando le acarició el labio inferior con el pulgar, Sarah giró la cabeza y le dio un beso en la palma de la mano.

–¿Me deseas? –le preguntó Harris.

–Sí.

–Entonces, llévame a la cama y haz conmigo lo que quieras.

Aquello hizo reír a Sarah y Harris se sintió mucho mejor. Decidió no pensar más por aquella noche porque aquella noche era de Sarah y de sus necesidades. La tomó en brazos y la condujo a su habitación.

–Creía que mandaba yo –protestó Sarah.

–Y mandas tú, preciosa, pero quería ser caballeroso –le dijo besándola con pasión.

–Tú siempre lo eres.

Sarah le acarició la mejilla y Harris se preguntó si no debería afeitarse para no dejarle marcas, pero entonces se dio cuenta de que quería marcarla para que todo el mundo supiera que era suya.

«Sarah no puede ser mía», se recordó a sí mismo.

—Sólo a tus ojos —le dijo.

—Que son los únicos que importan ahora mismo, ¿no? —contestó ella.

—Esta noche, desde luego —repuso Harris besándola de nuevo.

Le pareció que había pasado una eternidad desde la última vez que la había besado y la sensación de embriaguez le dejó el cuerpo desmadejado a excepción de la entrepierna.

Le pareció que había pasado una eternidad desde que le había hecho el amor tras haber decidido no volver a pensar en que el futuro le daba miedo. Resuelto a hacer lo mismo aquella noche, entraron en su habitación.

—Déjame en el suelo —le pidió Sarah.

Harris obedeció mientras le besaba el cuello.

A Sarah se le antojó que había pasado una eternidad desde la última vez que se habían besado, desde la última vez que sus pieles se habían encontrado y Harris le había dado aquel placer que sólo con él había conocido.

No había dejado ni un solo centímetro de su piel por explorar, pero aquella noche era ella quien quería explorarlo todo en él, quien quería apoderarse de su cuerpo y, con un poco de suerte, de algo de su alma.

Lo tenía tan cerca que sentía el calor que desprendía. Sarah apoyó la cabeza en su pecho y sintió los latidos de su corazón. Se quedó escuchando unos segundos, hasta que se dio cuenta de lo mucho que deseaba a aquel hombre.

Levantó la cabeza y sus ojos se encontraron. Se aguantaron la mirada hasta que fueron sus labios los que se encontraron. Harris la besó con desesperación y, al ver que la deseaba tanto, Sarah recobró la confianza en sí misma y decidió que quería ser ella quien le hiciera el amor aquella noche.

—Espérame en la cama —le dijo.

—Muy bien —contestó él.

Sarah se metió en el baño y se cambió de ropa rápidamente. Al sentir el tacto del bustier y las braguitas de cuero que se había comprado, se dio cuenta de lo excitada que estaba.

Se miró al espejo y sonrió. Aquella noche estaba dispuesta a todo y aquel conjunto le iba a ayudar.

Se volvió a mirar en el espejo, se pintó los labios y se dio cuenta de que no estaba nerviosa en absoluto.

Abrió la puerta y vio a Harris, que estaba tumbado en la cama en calzoncillos. Se sorprendió de que aquel hombre tan guapo fuera su amante, pues debería estar con una chica glamurosa a juego con la lujosa suite.

Como no había ninguna chica glamurosa a mano, iba a tener que ser ella quien compartiera la cama con él aquella noche.

Abrió la puerta por completo sintiéndose vulnerable y expuesta porque, si Harris no sentía por ella lo mismo que ella sentía por él, estaba corriendo un gran riesgo.

La habitación se hallaba únicamente iluminada por la lámpara que había en la mesilla. Aun así, Sarah vislumbró su torso y sus abdominales y sintió unas tremendas ganas de acariciarlo.

Decidió que aquella noche iba a descubrir qué lo hacía gritar de placer.

Carraspeó para llamar su atención.

−¿Estás preparado?

−Seguramente no encontrarías a ningún otro hombre más preparado que yo −contestó Harris señalándose los abultados calzoncillos.

Sarah sintió una cascada entre las piernas y se dio cuenta de que ella también estaba preparada.

−Bien −dijo entrando en la habitación.

Cuando la vio, Harris se levantó a toda velocidad de la cama y fue hacia ella. Sarah, que había querido tenerlo todo bajo control, se encontró olvidándose de ello al verse entre sus brazos.

Besándola con pasión, Harris exploró el contenido del bustier de cuero y jugueteó con sus pezones. Las sensaciones eran tan fuertes que Sarah tuvo que agarrarse a sus hombros para no caerse.

Desde allí, deslizó las manos por su espalda y las metió por sus calzoncillos llegando a sus nalgas.

A su vez, Harris siguió con la boca la misma estela de placer que había dibujado con sus dedos. Sarah sintió que se derretía.

Harris siguió por la línea de su espalda y deslizó los dedos por el tanga hasta que encontró su humedad. Entonces, Sarah gritó su nombre.

Harris le quitó las braguitas y, a continuación, se liberó de sus calzoncillos.

–Cabálgame, Sarah.

Sarah lo abrazó de la cintura con las piernas y esperó a que la hiciera suya pues estaba excitado, pero Harris no lo hizo.

–Tú mandas.

Sarah tragó saliva, agarró su erección y se la colocó en la entrada de su cuerpo. A continuación, la introdujo en él. Esperó a que las paredes de su vagina se acomodaran al nuevo cuerpo y comenzó a moverse.

Mientras ella le daba la bienvenida con las caderas, Harris inclinó la cabeza y la besó por el cuello y los hombros. Le acarició las nalgas y deslizó un dedo entre ellas. Al sentirlo, Sarah perdió el control y alcanzó el orgasmo gritando su nombre.

Harris la abrazó hasta que terminó. Seguía excitado.

–¿Tú no te has…?

–Todavía no, quiero que esta noche dure

mucho –contestó depositándola sobre la cama–. Date la vuelta.

Sarah obedeció y Harris le desabrochó el bustier. A continuación, comenzó a acariciarle todo el cuerpo y siguió haciéndolo hasta que Sarah volvió a gritar su nombre.

Harris se tumbó sobre ella. Sarah sentía su aliento en el cuello, sus manos a los lados del cuerpo y sus dedos en los pezones.

–¿Preparada? –le murmuró Harris al oído.

–Sí –gimió Sarah sintiendo su erección entre las nalgas, buscando su centro.

Harris la penetró por detrás mientras le acariciaba por delante con una mano y con la otra le inmovilizaba el cuello para que no se moviera.

Sarah se sintió poseída y, mientras alcanzaban el orgasmo juntos, le pareció que sus almas se mezclaban.

Harris la abrazó con fuerza y esperó a dejar de temblar de placer para darle la vuelta, colocar unas cuantas almohadas y volverla a abrazar.

Sarah le acarició el pecho mientras él pensaba que, aunque había terminado su trabajo, le gustaría quedarse con ella las dos semanas que le sobraban. Sabía que no debía hacerlo porque, tarde o temprano, tendría que irse definitivamente.

De hecho, se había acostado con ella porque sabía que acabaría marchándose.

Lo de aquella noche había sido impresionante. Cuando había visto a Sarah vestida de cuero, creyó que no iba a poder controlarse.

Jamás la hubiera imaginado vistiendo algo tan erótico y pareciendo tan dulce a la vez. Aquella mujer se merecía a un hombre que pudiera comprometerse con ella y con su familia, que pudiera darle los hijos que ella tanto ansiaba, un hombre que pudiera entregarle el corazón.

En definitiva, no se merecía a Harris Davidson.

Le entraron unas espantosas ganas de salir corriendo, pero no quería hacerle daño, así que no se movió. Apoyó su mejilla en el pelo de Sarah y aspiró su aroma con la intención de recordarlo cuando ya no estuviera con ella.

–¿Tú crees que vas a tener un rato la semana que viene para venir al albergue de personas sin hogar conmigo?

–El viernes habré terminado mi trabajo –contestó Harris abruptamente.

Sarah se tensó.

–Creía que te ibas a quedar hasta el Día de Acción de Gracias, hasta dentro de dos semanas.

–Sí, pero he tardado menos de lo que creía en terminar el trabajo.

–¿Y te vas?

–Quizás.

–¿Te quedarías si yo te lo pidiera?

Harris no estaba seguro. No le gustaba nada

no controlar la situación y eso era exactamente lo que le pasaba con Sarah, así que no contestó.

Sarah se apartó de él y se tapó con la sábana.

Harris se dio cuenta de que, sin querer, la había hecho sentirse pequeña, poca cosa. No se atrevió a mirarla porque no quería ver la mirada de dolor que contenían sus ojos.

—¿Cuándo lo vas a saber? —le preguntó con voz trémula.

Harris pensó que, a veces, era todo un canalla.

—Vamos a mandar los avisos de desalojo a los propietarios mañana. Si no hay complicaciones, lo sabré el viernes.

—¿A qué te dedicas exactamente?

—Busco locales comerciales con potencial para que mis clientes los compren, los reestructuren y les saquen el máximo beneficio.

—¿Y por qué los desalojas?

Harris no quería hablar de su trabajo, pues tenía ante sí la decisión más importante de su vida, una decisión que se había negado a tomar en el pasado, una decisión que involucraba a la mujer que tenía sentada enfrente de él.

—Porque son una carga inútil. A veces, no son adecuados para la nueva imagen o sus actuales propietarios no saben sacar el máximo partido a lo que tienen.

—¿Y los echas?

—No quiero hablar de mi trabajo —contestó

Harris sintiendo que comenzaba a dolerle la cabeza.

¿Habrían comenzado así los problemas de su padre, con un dolor de cabeza que le había servido de excusa para no salir de su habitación?

Harris lo recordaba encerrado durante días, siempre con dolor de cabeza.

«No pienses en eso», se dijo, decidido a que la debilidad de su padre no se apoderara de él.

Sarah no quería mirarlo a los ojos, así que la tomó de la barbilla e intentó que lo hiciera, pero ella apartó la cara.

—Dime algo, Sarah.

—Me temo que, ahora mismo, no tengo nada que decirte...

—Por favor, no me hagas esto.

Sarah parpadeó varias veces y, al darse cuenta de que estaba intentando no llorar, Harris se preguntó qué clase de monstruo era. ¿Cómo era posible que un hombre que hablaba seis idiomas tuviera tantos problemas de comunicación?

—Ahora mismo, Harris, no puedo con esto. Me lo he pasado muy bien esta noche, pero ahora me dices que te vas...

Harris la abrazó con fuerza.

—Lo siento.

—Sé que las relaciones te dan miedo porque crees que implican obsesionarse con la otra persona, pero yo creía que te estaba enseñando que la vida puede ser de otra manera.

–En realidad, no es por ti.

–¿Cómo?

–Hace mucho tiempo que aprendí que no puedes controlar lo que siente otra persona.

–No creo que tú sepas lo que sientes.

–Claro que lo sé, pero no sé cómo expresarlo.

–Simplemente, dímelo.

–No.

–Harris, me rindo –dijo Sarah levantándose de la cama.

Harris la vio alejarse y supo que aquello se había terminado, que si no cambiaba, jamás encontraría aquello que a veces lo hacía despertarse desasosegado en mitad de la noche.

Capítulo Nueve

–Sarah, espera.

Sarah se paró, pero no se giró hacia él. Estaba al borde de las lágrimas y no se fiaba de sí misma. Había desnudado su alma para Harris y él ni siquiera se había dado cuenta.

–¿Por qué?

Tenía ganas de abofetearlo para hacerle entrar en razón, porque aquel hombre que se había pasado la mayor parte del mes de noviembre en su casa, podía ser su compañero para toda la vida y no se daba cuenta.

Sarah lo oyó apartar las sábanas y avanzar hacia ella por la alfombra. Cuando le puso las manos en los hombros, sintió ganas de apoyarse en él para sentirse de nuevo protegida y querida.

Sin embargo, no lo hizo, porque sus propias ilusiones la habían llevado al punto en el que se encontraban y no estaba dispuesta a seguir creyendo en cuentos con final feliz.

Los cuentos con final feliz eran para las chicas que se pasaban el día mirando por la ventana esperando a su príncipe azul y Harris le acababa de demostrar que ella no era la Cenicienta.

–Me encantaría decirte las palabras que te harían sentirte bien.

–No estoy esperando oír palabras mágicas –contestó Sarah.

–Entonces, ¿qué quieres de mí? –preguntó Harris confuso.

No sabía qué decirle, pues estaba convencido de que jamás podría hacerla feliz. Sarah se giró hacia él.

Nunca lo había visto tan solo y orgulloso. Harris era un hombre duro que no necesitaba a nadie y Sarah se dio cuenta de que no tenían futuro.

Se dio cuenta de que no le iba a permitir entrar dentro de él y hurgar en su alma, a pesar de que ella sabía que bajo aquella coraza había un hombre tierno que necesitaba a una compañera de viaje.

–No lo sé. Me da la impresión de que, cada vez que vislumbro al verdadero Harris, me apartas de ti. No pienso volver a suplicarte porque me merezco algo mejor y tú, también.

Harris apretó los puños. Sarah nunca lo había visto tan enfadado, ni siquiera el día en el que entró en su casa y se encontró a Ray haciendo espaguetis.

–No, yo no me merezco nada.

–¿Por qué dices eso? Todo el mundo tiene derecho a ser feliz.

–La felicidad es una quimera; la realidad, un hecho.

–No me voy a poner a discutir sobre semántica, pero lo que tengo muy claro es que tenemos la oportunidad de tener algo especial y sé que tú también lo crees así.

–Yo quiero estar contigo –declaró Harris.

–Si eso es así, aquí estoy.

–Es así.

–Yo no estoy tan segura –dijo Sarah cansada.

Lo cierto era que jamás había intentado impresionar a un hombre y Harris ni siquiera se había dado cuenta de la cantidad de cosas que estaba haciendo por él. Quizás, ése era precisamente el problema, que debería hacerlas por ella.

–Quiero volver a acostarme contigo –dijo Harris alargando el brazo para tocarla.

Sarah estuvo a punto de ceder, pero no lo hizo.

–No, gracias, tengo un vibrador en casa.

Harris apretó los puños de nuevo. Sarah se dio cuenta de que había ido demasiado lejos, pero aquel hombre le había hecho daño y, en parte, ella le había dejado que se lo hiciera, así que también estaba enfadada consigo misma.

–No vuelvas a decir algo así, porque los dos sabemos que lo nuestro es algo más que sexo.

–Precisamente por eso me voy. Estoy medio enamorada de ti y no soy masoquista.

–Maldita sea –dijo Harris masajeándose las sienes.

–¿Estás bien?

–Me duele mucho la cabeza –contestó Harris cerrando los ojos.

–¿Te pasa a menudo? Seguramente, será el estrés.

–Yo no tengo estrés.

–Has estado trabajando mucho. A lo mejor, deberías tomarte unas vacaciones para descansar.

–Nunca –gruñó él.

–¿Por qué? –preguntó Sarah, sospechando que estaba acercándose al verdadero problema que había entre ellos.

–Porque así es como empieza todo. Un dolor de cabeza que te hace quedarte en la cama unos días y, cuando te quieres dar cuenta, ha pasado un mes y no te has movido.

–¿Te ha pasado eso en otras ocasiones?

Sarah no se podía imaginar a alguien tan disciplinado como Harris metido en la cama todo el día, porque sabía que se volvería loco al cabo de pocas horas.

–No.

De repente, Sarah lo entendió todo.

–¿Le ocurrió a tu padre?

–Sí.

–Harris, tú no eres tu padre, ya te lo he dicho en otras ocasiones.

–Sí, pero ninguna mujer me ha afectado tanto en mi vida como tú.

–Oh, Harris –suspiró Sarah, dándose cuenta de lo solo que había estado.

–No digas mi nombre así, no quiero que sientas compasión por mí.

–Te aseguro que lo último que siento por ti es compasión.

–¿Qué sientes por mí?

Sarah se mordió el labio inferior. No tenía intención de desnudar su alma ante él.

–Demasiado. Por eso, me voy.

–Por favor, no te vayas.

Hubo algo en su voz que hizo que Sarah creyera que necesitaba su afecto, que hizo que se quedara para convencerlo de que el amor existía.

–Necesito algo más aparte de la esperanza de que algún día me quieras. Ya he pasado por eso antes.

–No puedo quedarme por mi padre –contestó Harris.

Aquello era una excusa y los dos lo sabían. Sarah estaba enfadada y, aunque no quería volver a hacer un comentario desagradable, las palabras crueles se agolpaban en su boca.

Entonces, se dio cuenta de que quería a aquel hombre. No era una aventura pasajera para ella, sino algo importante que no iba a acabar cuando él se fuera.

–¿No puedes o no lo vas a hacer?

–¿Qué diferencia hay?

Sarah se dio cuenta de que Harris estaba intentando ganar tiempo. Por una parte, entendía que no quisiera terminar como su padre, pero, por otra, quería zarandearlo para que despertara y se diera cuenta de que entre ellos podía haber algo maravilloso.

–¿De verdad crees que terminarías recluido en tu habitación? –le preguntó.

–A lo mejor, al principio no, pero te mereces a un hombre al que no le dé miedo bajar la guardia.

—¿La quieres bajar?

—Por supuesto que sí —contestó Harris con sinceridad.

Aquello hizo que Sarah volviera a tener fuerzas para seguir adelante, luchando para convencerlo de que el lado siniestro del amor, la obsesión, no se iba a apoderar de él.

—A mí me basta con eso, Harris —dijo abrazándolo.

—No debería ser así. Te crees que merezco la pena, pero no es así.

Sarah intentó entenderlo. ¿Por qué no iba a merecer la pena? Al fin y al cabo, era ella la que tenía un pequeño restaurante que no iba bien. Un restaurante que, probablemente, Harris describiría como «una carga inútil».

—Yo estoy convencida de que sí.

—Entonces, pídeme otra vez que me quede.

Sarah se acercó a él.

—¿Te quieres quedar conmigo hasta que te tengas que ir a Tokio y volver aquí cuando regreses a los Estados Unidos?

—Sí —susurró Harris besándola.

Sarah intentó pensar que en aquel beso sólo había pasión, pero le pareció que también había desesperación y aquello la preocupó.

El despacho de Sarah siempre le había parecido demasiado pequeño. Sarah estaba hablando por teléfono y, aunque no había nada mínimamente sexual en aquellos momentos en ella, Harris estaba excitado sólo con verla.

Llevaba el pelo recogido en la nuca, pero él la seguía recordando con el pelo suelto, tal y como la había visto la noche anterior, ataviada con su conjunto de cuero.

Se acercó a ella y le soltó la horquilla que le recogía la rizada melena. Sarah lo miró como diciéndole que mantuviera las manos quietas, pero él se encogió de hombros.

Le acarició el pelo y Sarah intentó concentrarse en la conversación telefónica, pero él se puso a juguetear con el dobladillo de su falda y a acariciarle la parte interna de los muslos.

Sarah intentó pararlo, pero, viendo que no lo iba a conseguir, colgó el teléfono.

—¿No tienes nada que hacer?

—No, hoy soy todo tuyo —contestó Harris sonriente.

Aquel día, se sentía feliz y contento como hacía mucho tiempo que no se sentía. No quería analizarlo profundamente pues sabía que, tarde o temprano, iba a tener que pagar por sentirse tan bien, pero de momento no le importaba.

Aquel día de noviembre hacía un poco de frío para estar en Florida, pero la sonrisa de la mujer que tenía ante sí calentaba la habitación como si estuvieran en pleno verano.

Por primera vez en su vida, Harris sintió que estaba en el lugar al que pertenecía.

—¿Todo mío?

—Sí.

–Date la vuelta –le dijo Sarah poniéndole las manos en los hombros.

–¿Para qué?

–Tengo un encargo para ti.

Harris se giró y Sarah le acarició los fuertes brazos.

–Sí, creo que vas a servir. Necesito un hombre fuerte como tú.

–Encantado –contestó Harris orgullosamente.

A continuación, cerró la puerta de su despacho con el pie, la tomó entre sus brazos y la besó con fuerza haciéndola gemir.

–Para.

–¿Por qué?

–Porque estoy trabajando –contestó Sarah apartándose de él.

–No va a entrar nadie.

–No, pero yo nunca cierro la puerta cuando estoy aquí, así que todos se darían cuenta de lo que estamos haciendo.

–Está bien –dijo Harris, entendiendo sus motivos.

En cualquier caso, iban a tener mucho tiempo para volver a hacer el amor.

–Necesito que me hagas un favor –dijo Sarah abriendo la puerta de nuevo.

Harris se dio cuenta de que Sarah se estaba retorciendo las manos y se preguntó si la estaría poniendo nerviosa.

–Te haré el favor que quieras –le dijo dándole un beso en la frente.

–¿Podrías ayudarme a mover mi mesa?

–¿Por qué? ¿La quieres cambiar de sitio?

–No, es que el otro día se me cayó una cosa detrás y no alcanzo.

–¿Qué se te cayó?

–Mi bola Magic 8 –contestó Sarah cruzándose de brazos.

–No puedes vivir sin ella, ¿eh? –bromeó Harris, imaginándose a aquella mujer de negocios consultando un juguete para niños en busca de consejo.

–No te pases de listo. Tú consultas el mercado de valores cada cinco minutos.

–No es lo mismo.

–Es exactamente lo mismo. No puedes cambiar las cotizaciones, pero estar informado sobre ellas te hace sentirte mejor.

Harris pensó que, de alguna manera, Sarah tenía razón.

–¿La Magic 8 te hace sentirte mejor?

–Sí.

–Entonces, vamos a por ella.

–Yo no llego.

–¿Dónde se te ha caído?

–Ahí atrás.

Harris se sentó en su mesa y metió el brazo entre el borde y la pared, pero no llegaba, así que apartó la mesa y la bola cayó al suelo.

Mientras colocaba la mesa en su sitio, Sarah agitó la bola y observó la respuesta antes de dejarla en su sitio.

–¿Qué le has preguntado?

Sarah se sonrojó. No se lo iba a decir. Harris se preguntó por qué y, de pronto, se dio cuenta de que Sarah debía de tener un montón de preguntas y muchas tendrían que ver con él.

—¿Te importa que la pruebe?

—Claro que no.

Harris levantó la bola.

—¿Le gustaría a Sarah que le hiciera el amor encima de la mesa?

«Por supuesto que sí», pensó Sarah.

Harris le entregó la bola y la vio sonrojarse de nuevo mientras él volvía a cerrar la puerta. A continuación, retiró unas cuantas cosas de la mesa y la sentó encima.

—Harris.

—¿Sí, cariño?

—¿Qué te pasa hoy?

—Me pasas tú.

—¿Yo?

—Tú y yo —contestó Harris besándola con ternura—. En cualquier caso, no me voy a fiar de un juguete. ¿Quieres hacer el amor conmigo?

—Por supuesto que sí —contestó Sarah pasándole los brazos por el cuello y dándole un beso que Harris recordaría toda su vida.

Llamaron a la puerta justo cuando Harris acababa de alcanzar el clímax. Sarah lo había precedido segundos antes y estaba todavía envuelta en una nebulosa de sensaciones que le impedía saber dónde estaba.

Harris maldijo, salió de su cuerpo dejándola vacía y se subió la cremallera de los pantalones.

–Un momento –contestó Sarah–. Dios mío, sabía que algo así iba a suceder.

–No te preocupes, estás estupenda –contestó Harris bajándole la falda y besándola con ternura.

Sarah se apresuró a abrocharse la blusa mientras se daba cuenta de que, si le hubiera sucedido algo parecido con otro hombre, se habría muerto de vergüenza, pero con Harris era diferente.

Sobre todo después de lo que le había dicho la noche anterior. Harris le había confesado que se iba a quedar en Florida por ella, por su relación, y Sarah estaba convencida de que con un poco de tiempo podría convencerlo de que estar juntos para siempre era una magnífica idea.

Todo iba sobre ruedas y Sarah se dijo que debería preocuparse pues, siempre que todo estaba en orden, sucedía algo malo.

«Hoy no», pensó.

Roger estaba en la puerta.

–Acaba de llegar esto –sonrió como pidiendo disculpas.

Sarah abrió con manos temblorosas el sobre que le había entregado su encargado, pues había visto que el remitente era el consorcio que había comprado el centro comercial.

–Espero que el nuevo alquiler no sea demasiado alto –murmuró nerviosa.

–Sea lo que sea, ya nos las apañaremos –le aseguró Roger.

Sarah tuvo que leer la carta dos veces para asimilar la información. ¿Cómo podía ser? Aquello no era un aviso de que le iban a subir el alquiler, sino una nota de desahucio.

Sarah sintió que se le encogía el corazón y le pareció que tenía ganas de vomitar. ¿Cómo iba a mantener vivo el sueño de sus padres sin el restaurante?

–Sarah, ¿qué te pasa? –le preguntó Harris abrazándola.

Al sentirlo a su lado, Sarah se sintió más segura. Harris no era Paul. Él no iba a abandonarla cuando las cosas se pusieran feas.

Iba a tener que ausentarse del país por motivos laborales, pero Sarah sabía que volvería con ella y eso era igual de importante que mantener el sueño de sus padres vivo.

–Esto es increíble. Nos echan. Tenemos que dejar el local en dos semanas.

–No me lo puedo creer –contestó Roger.

–Estoy realmente enfadada.

–Vas a tener que hablar con los empleados antes de que se enteren por otra parte –le aconsejó el encargado.

–Tienes razón. Voy a hablar con el arrendador para enterarme de todos los detalles. Mientras, tú diles a todos que tenemos una reunión a las dos en punto.

Roger se alejó y Harris no dijo nada.

–¿Podrías ayudarme? –le preguntó Sarah.

—No —contestó sinceramente.

—¿Por qué? —preguntó Sarah preocupada.

Había algo que le daba mala espina. La noche anterior, Harris le había hablado de que iba a mandar unas cuantas notas de desahucio, pero no podía referirse a aquélla que tenía entre las manos.

De haber sido así, seguro que se lo habría dicho.

—Sería un conflicto de intereses —contestó Harris.

Sarah se dio cuenta de que sus peores temores eran ciertos. El hombre del que se estaba enamorando no la quería lo suficiente como para advertirle que iba a perder su negocio.

—Lo dices porque estamos juntos, ¿verdad?

—No, no sólo por eso. Lo cierto es que he ayudado al consorcio a negociar la compra.

Sarah intentó controlarse. Por lo visto, era imposible encontrar a un hombre con el que pudiera contar cuando las cosas se ponían difíciles.

—¿Por qué no me lo has dicho?

—Porque mi trabajo es información confidencial.

—No es trabajo lo que hay entre tú y yo.

—Precisamente por eso.

—Qué asco. No confías en mí en absoluto. Creía que estábamos construyendo una relación de futuro.

—Y lo estamos haciendo. El consorcio no tiene nada que ver con nosotros. No hubieras podido pagar el alquiler que te habrían puesto si te hubieran dejado quedarte. No ganas lo suficiente como para poder competir con las empresas que se van a instalar en el nuevo centro comercial.

–¿Lo dices porque soy una carga inútil?

–Tú, Sarah Malcolm, no lo eres, pero tú restaurante sí.

–Yo, Sarah Malcolm, soy mi restaurante y creía que tú formabas parte de mi familia. Te he abierto las puertas de mi casa, te he enseñado lo que es amar a otra persona y...

Harris se acercó a ella e intentó abrazarla, pero Sarah se apartó. Estaba tan enfadada que la idea de que Harris la tocara le repugnaba en aquellos momentos.

–Tú eres mucho más que este restaurante. Ni siquiera es tu sueño.

–¿Mi sueño? Por favor, no me vengas ahora con ésas.

–Si te calmaras, verías que en el fondo esto es una bendición.

–Yo lo único que veo es que me acaban de arrebatar lo último que me unía a mis padres.

–No es así. Tienes recuerdos y tienes a tus hermanos. Eso es mucho más que un edificio.

–¿Y eso me lo dice un hombre que no tiene relaciones de ningún tipo? ¿Me estás diciendo tú que la familia es lo más importante? –se burló Sarah, porque Harris le acababa de demostrar que para él lo primero era el trabajo.

118

–El hecho de que yo no tenga lo que tú tienes no significa que no sepa apreciarlo.

–Ojalá pudiera creerte.

–¿Y por qué no me ibas a creer? –contestó Harris intentando abrazarla de nuevo.

Sarah se volvió a apartar.

–Porque, aunque últimamente me haya estado comportando como una idiota, no lo soy.

–A mí nunca me has parecido una idiota.

–No, te habré parecido una chica muy fácil.

–No especialmente, porque te recuerdo que me has hecho sentir incómodo desde el mismo momento en el que nos conocimos.

Aquellas palabras no la tranquilizaron en absoluto, porque ella hubiera preferido palabras de amor y de disculpa. Sarah se dio cuenta de que quería algo que Harris era incapaz de darle. Por primera vez, entendió su relación desde el punto de vista de él.

–Ahora entiendo que para ti sólo he sido una aventura.

–¿Cómo puedes decir eso? Te he dado más de mí mismo de lo que jamás he entregado a una mujer –contestó Harris pasándose la mano por el pelo.

–Vaya, me siento halagada.

–No te pongas en plan sarcástico.

–Prefiero ponerme en plan sarcástico porque, de lo contrario, voy a perder los nervios y no sé lo que sería capaz de decirte.

–Dime lo que me tengas que decir –repuso Harris poniéndole las manos sobre los hombros.

Sarah se estremeció. Y pensar que hacía sólo unos minutos que se había encontrado tan a gusto entre sus brazos.

–No puedo –contestó.

Necesitaba alejarse de él, así que se giró y se fue hacia su mesa.

–¿Y lo de antes qué ha sido? ¿Un encuentro rápido antes de irte?

–Te he dicho que voy a volver –contestó Harris.

–Perdona, pero no te creo.

–No me hagas esto. Lo que tenemos... no lo puedo describir. No me habría quedado por otra persona.

–Puede que dentro de un rato, cuando no esté enfadada, lo que me estás diciendo ahora me haga sentir bien, pero ahora mismo me siento traicionada porque yo confiaba en ti, Harris.

–No me he equivocado, Sarah. Cuando te calmes, lo comprenderás.

Sarah no se lo podía creer. Harris hablaba con calma y control y ella estaba a punto de explotar.

–Harris, jamás te perdonaré lo que me has hecho.

–No entiendo por qué esto cambia lo que hay entre nosotros.

–Si no lo entiendes, no eres el hombre que yo creía que eras. Por favor, vete.

–¿Nos vemos esta noche?

–No.

–Se acabó, ¿verdad?

Sarah lo miró con frialdad, asintió y apartó la mirada. No podía seguir mirándolo después de lo que le había hecho, pero, aun así, sintió que se le rompía el corazón.

—Hace un rato me has dicho que me querías —le recordó Harris—. ¿Lo has dicho en serio?

Sarah no quería recordar aquellas palabras, pero ya era demasiado tarde.

—Sí —admitió.

—¿Y no te parece suficiente como para intentar que lo nuestro funcione?

No había nada por lo que luchar a menos que él estuviera enamorado de ella y Sarah no tenía fuerzas para preguntarle en aquellos momentos cuáles eran sus sentimientos.

—No hay manera de arreglar esto... a no ser que hables con el consorcio.

—No lo voy a hacer —dijo Harris, metiéndose las manos en los bolsillos.

—Entonces, todo ha terminado.

—Lo sabía.

—¿Qué sabías?

—Que el amor no es un camino de rosas.

—No te pongas cínico.

—¿Por qué no? Al fin y al cabo, tú me has manipulado.

—¿Yo?

—Me acabas de pedir que hable con el consorcio, pero como no lo voy a hacer, como no hago lo que tú esperas de mí, ya no me quieres. Si mal no recuerdo, hace poco me dijiste que el amor no consistía en eso.

Sarah se avergonzó de sí misma, pero no creía que lo hubiera manipulado en absoluto.

–No es lo mismo. Que yo te quiera o no, no depende de lo que has hecho con mi restaurante.

–A mí me parece que sí.

–Entonces, no te estás enterando de nada.

–Explícamelo tú.

Sarah se encogió de hombros.

–Ya no estoy segura de nada. Creía que tú y yo teníamos algo, pero ahora ya no lo sé, tal vez fueran imaginaciones mías.

–Lo cierto es que resultaste de lo más convincente, pues me hiciste creer en los cuentos con final feliz, dejé que me arrastraras a tu mundo de fantasía.

Sarah lo oyó marcharse y, por primera vez desde que lo había conocido, se alegró de que Harris huyera de una relación.

Capítulo Diez

Harris sabía que lo que había encontrado con Sarah no duraría, así que no le sorprendió verse solo fuera de su restaurante. La maldición de los hombres de la familia Davidson se había vuelto a cumplir.

Se giró para irse.

–Hola –lo saludó Burt–. ¿Te apetece jugar al baloncesto esta noche?

A Harris le apetecía contestar que sí, porque era la excusa perfecta para volver a ver a Sarah y, además, Burt le caía bien.

–Me parece que no sería bien recibido en tu casa –contestó sin embargo.

–Lo dudo mucho –intervino Isabella–. Sarah está loca por ti.

–Ya no –contestó Harris.

De repente, le pareció que Sarah quería de él mucho más que noches de sexo, mucho más que conversaciones sobre literatura y cine, algo que él no podía darle. Y ella se había dado cuenta.

–¿Qué ha pasado? –preguntó Burt.

–Los nuevos propietarios del centro comercial no cuentan con vuestro restaurante.

–¿Qué tiene que ver eso contigo? –quiso saber Isabella.

–Yo negocié la compra.

–¿Has sido tú el que nos echa? –preguntó la hermana pequeña de Sarah.

Burt maldijo en voz baja.

–En cierta manera, sí.

–Explícanos exactamente lo que está pasando –le exigió Burt.

Harris lo vio dejar la mochila en el suelo y rezó para que no le diera un puñetazo.

–Yo soy analista financiero y me ha contratado el consorcio que ha comprado el centro comercial. He analizado los diferentes negocios que hay en él y he recomendado que se desalojaran los que no coincidían con la nueva imagen –contestó Harris.

–¿Sabías que Taste of Home era nuestro restaurante? –preguntó Isabella.

–Sí –contestó Harris pasándose la mano por el pelo.

Las palabras de disculpa se agolpaban en su boca, pero Harris no las pronunció. En ese momento entendía por qué las relaciones personales siempre se le habían dado tan mal. Era porque hacía sufrir a los que tenía a su alrededor.

–¿Cómo has podido hacer algo así? Nuestra hermana está enamorada de ti.

Harris ya no sabía si aquello era cierto y, en cualquier caso, prefería que no lo fuera porque la mujer a la que acababa de dejar en su despacho había cambiado.

Harris se negaba a aceptar que el cambio que se había operado en Sarah fuera culpa suya, un cambio a peor porque él le había arrebatado el filtro color de rosa con el que ella veía la vida.

–Ha sido una decisión de trabajo –contestó.

–¿Y todo el tiempo que has pasado en nuestra casa no ha significado nada para ti? –preguntó Isabella.

–Ha significado muchísimo para mí –le aseguró Harris–. Cuando Sarah se calme, decidle que nunca quise hacerle daño.

Harris abrió la puerta de la limusina mientras Ray hablaba por teléfono y la cerró antes de que a los hermanos de Sarah les diera tiempo a contestar.

Durante un minuto se sintió aislado de todos. Las ventanillas tintadas aseguraban su intimidad y la mampara le permitía esconderse en un mundo que controlaba.

Creía que se sentiría a gusto después de las diferentes conversaciones que había tenido con los Malcolm, pero no fue así. La limusina se le antojaba horriblemente vacía.

–¿Dónde le llevo, Harris? –le preguntó Ray bajando la mampara.

Harris maldijo. Su primer instinto era correr al hotel, hacer el equipaje y volver a Los Ángeles para poder encerrarse en su fría y estéril mansión a lamerse las heridas, pero pensó que eso sería exactamente lo que haría su padre.

–Simplemente, a dar una vuelta –contestó Harris.

Había mantenido las distancias con Sarah para proteger su corazón, pero, por lo visto, aquella mujer era capaz de hacerlo huir y esconderse del mundo.

Los recuerdos se apoderaron de su mente y Harris recordó los cientos de detalles que había tenido con él y cómo lo había convertido en una parte de su vida aunque él había intentado mantenerse al margen.

Harris no entendía por qué Sarah no comprendía que el trabajo y las relaciones eran dos mundos diferentes. A él siempre se le habían dado bien los negocios y el dinero, pero no las relaciones personales.

Se dio cuenta de que se estaba escondiendo de lo que había hecho sufrir a su padre, fuera lo que fuese, estaba huyendo de lo que había llevado a su padre a encerrarse en su casa.

¿Afecto? ¿Amor? Dependencia al fin y al cabo y él no se podía permitir el lujo de depender de nadie.

–¿Ha decidido dónde quiere ir? –le preguntó Ray al cabo de un rato conduciendo.

–Sí, quiero volver al hotel.

–Parece que se ha llevado un buen disgusto.

–Te aseguro que sí.

–¿Sarah?

–¿Por qué es tan difícil entender a las mujeres?

–Nunca lo he sabido. Jamás he tenido problemas para salir de situaciones comprometidas, pero con las mujeres me siento como un idiota.

Harris se encogió de hombros, pues no quería seguir hablando del tema.

–¿Qué ha pasado?

–Se ha enfadado –contestó Harris masajeándose la nuca y mirando por la ventanilla.

–¿Algo que no se pueda arreglar con un regalo caro?

Harris no estaba seguro. Comenzó a hacer números mentalmente, a formar una columna con las ventajas y otra con las desventajas de volver con Sarah. Volver con ella le daba miedo, pues tendría que volver a bajar la guardia y se sentiría desprotegido. Tendría que cambiar.

Al analizar las desventajas de volver con ella, pensó que era mucho mejor quedarse con su rutina y seguir su vida en solitario.

–No creo que se pueda arreglar con nada –contestó.

Sin embargo, mentalmente estaba intentando entender a Sarah para encontrar la manera de volver con ella sin bajar la guardia.

Cuatro horas después, Sarah habló con sus empleados apoyada por Roger y sus hermanos.

Se sentía como si tuviera dieciocho años de nuevo, pues había muchas cosas que hacer y ella no era la persona adecuada para hacerlas.

Sin embargo, había conseguido hacerlo entonces y tenía que volver a hacerlo otra vez. Había decidido ir a hablar con los nuevos propietarios porque estaba segura de que Harris no les habría hablado de su restaurante al haber tratado el centro comercial como un todo.

Aunque lo admiraba como hombre de negocios, en aquellos momentos lo único que sentía era que la había traicionado.

La fotografía de sus padres que tenía sobre el mostrador le dio fuerzas. Estaba muy cerca de cumplir sus sueños, de conseguir que sus hermanos pequeños terminaran el instituto y fueran a la universidad, así que no se podía rendir en ese momento.

–¿Tenemos que cerrar ahora mismo? –le preguntó Antonio, uno de los camareros.

El hombre tenía cincuenta y cinco años y llevaba trabajando en el restaurante desde los tiempos de sus padres, como la mayoría del personal que había constituido su familia durante todos aquellos años.

–No, hoy abrimos como de costumbre. Mañana por la mañana, tendremos otra reunión.

¿Por qué no había podido demostrarle a Harris que la familia no eran sólo los parientes de sangre, que la familia podía tener muchos tamaños y formas?

–Te llaman al teléfono, Sarah –le dijo Roger.

–Atenderé la llamada en mi despacho –contestó Sarah temiendo que serían malas noticias, pero sonriendo a sus empleados antes de irse–. Vamos a salir de ésta, os lo prometo.

Cruzó la cocina vacía en la que su padre había preparado los platos con tanto esmero y se dio cuenta de que no iba a poder vivir sin aquel restaurante.

Al entrar en su despacho, rezó para que se produjera un milagro. Se acercó a la mesa en la que horas antes Harris le había hecho el amor y se estremeció. Apartó la mirada y contestó al teléfono.

—Sarah Malcolm al habla.

—Soy Harris.

Sarah sintió que el estómago le daba un vuelco y que las piernas le flaqueaban. Se sentó y se quedó mirando una lámina de Monet que colgaba de la pared.

Se trataba de un paisaje nevado en el que el pintor impresionista había conseguido hacer olvidar la dura realidad de una ciudad industrial imprimiendo a la pintura pinceladas desvaídas.

Sarah deseó que en aquellos momentos alguien hiciera lo mismo con su vida.

—¿Sarah?

No quería hablar con él. Había estado todo el día sin parar de hacer cosas para no pensar en Harris. Se dio cuenta de que le temblaban las manos y pensó que, quizás, jamás pudiera volver a hablar con él.

Todo lo que había conseguido en la vida había desaparecido.

«Pero tengo doce años de experiencia», se recordó a sí misma para darse ánimos.

–¿Sarah? ¿Estás ahí?

Sarah suspiró y cerró los ojos.

–Sí.

–Háblame.

Sarah deseó poder hacerlo, pero sabía que hablar con Harris no iba a cambiar las cosas. Perder el restaurante le dolía sobremanera, pero no tanto como la traición de aquel hombre.

¿Cómo había estado tan ciega como para no ver al verdadero Harris?

–No se me ocurre qué decirte.

–¿Llamarme bastardo te ayudaría?

Sarah se sorprendió, pero chasqueó la lengua. Tal vez, después de todo, no había estado tan ciega. Sabía que a Harris no le gustaba formar parte de nada, ni siquiera de una empresa, que se limitaba a aconsejarlas y luego se iba.

–Quizás.

Se quedaron en silencio durante unos segundos.

–Sarah, me importas –dijo Harris por fin–. ¿Qué puedo hacer para arreglar las cosas entre nosotros?

–Ojalá lo supiera.

–¿Qué te parecería que comprara otro edificio? Así podrías empezar desde cero, quizás podrías abrir la panadería de tus sueños.

–¿Y por qué ibas a hacer algo así? –preguntó Sarah esperanzada.

Le iba a confesar sus sentimientos, iba a perder el restaurante, pero iba a recuperar a Harris.

Sarah sabía que Harris era capaz de amar y era muy probable que estuviera enamorado de ella, pero no se daba cuenta. Tal vez, la posibilidad de perderla le hubiera abierto los ojos.

—Porque quiero arreglar las cosas entre nosotros —contestó Harris sinceramente.

Sarah pensó que, tal vez, las cosas no fueran tan mal como ella había temido. Tal vez, en aquella ocasión no se iba a quedar sola porque había elegido bien.

—Sólo hay una cosa que puedas hacer para arreglar la situación —le dijo, rezando para no tener que decir nada más.

—Nunca he tenido una relación que durara más que unas pocas semanas.

—Lo sé.

—Quiero arreglar las cosas entre nosotros —repitió Harris.

La frustración se apoderó de Sarah. Aquello dolía terriblemente porque había esperado que estuviera llamando para hablar del futuro, pero él quería arreglar las cosas para dejarlas tal y como estaban en el pasado.

—Dime lo que quieres que haga y lo haré, cariño —se ofreció Harris.

Sarah se frotó los ojos para no llorar y tomó aire.

—Si yo te tengo que decir lo que tienes que hacer, las cosas entre nosotros nunca funcionarán.

—Lo digo en serio, Sarah. Estoy dispuesto a pagar cualquier precio.

—Creo que el precio que yo te pido es demasiado alto, Harris, porque lo único que podría arreglar esto es el amor.

—¿Amor?

—Sí, amor, pero tú eres incapaz de admitir que sientes algo por mí, ¿verdad?

—Seguro que hay otra cosa que te podría servir.

—No, no la hay.

—¿Cómo puedes estar segura de que el amor arreglaría las cosas? Sinceramente, yo he visto hacer cosas espantosas en nombre del amor.

—Y yo he visto hacer cosas milagrosas en nombre del amor.

—Entonces, me temo que esto es el fin —suspiró Harris.

—Jamás imaginé que fueras un cobarde.

—Y no lo soy.

—Sí, claro que lo eres. ¿Cuándo vas a dejar el pasado atrás y vas a apostar por el futuro?

—No puedo hacerlo.

—Entonces, no eres el hombre que yo creía que eras.

—¿Quién soy?

—Un hombre por el que me debería de haber dado cuenta que no merecía la pena perder el tiempo —contestó Sarah antes de colgar el teléfono.

Harris hizo las maletas en silencio.

Los empleados del hotel subirían dentro de

un rato a recoger sus libros para mandarlos a su casa de Belair. Pensar en su casa no le reportó las agradables sensaciones que solía reportarle en otras ocasiones.

La casa tenía un jardín que parecía el Edén y sus empleados sabían estar en su sitio y jamás le preguntaban por su vida amorosa, como hacía Ray.

Debería estar encantado ante la perspectiva de volver a casa, pero no lo estaba. Lo cierto era que se sentía... vacío.

¿Por qué?

Recapacitó y se dio cuenta de que aquellas semanas que había pasado en Orlando le habían dado algo que jamás había tenido, algo de lo que nunca le había costado prescindir hasta que había conocido a Sarah.

Observó la habitación y vio su fantasma por todas partes, en el sofá donde lo había esperado, en los libros sobre los que habían hablado, en la cama en la que habían hecho el amor.

Jamás había estado tan cerca de una persona.

Se dirigió a la puerta y se dio cuenta de que la echaba de menos, pero no lo suficiente como para abrir el corazón al amor que sentía por ella.

Estaba convencido de que el amor no era para él, jamás le había confesado su amor a nadie, ni siquiera a su padre, claro que a él no le interesaba nada ni nadie fuera de su casa.

¿Estaba siendo injusto? Se sacó el teléfono móvil del bolsillo y, sin querer pensar demasiado en lo que estaba haciendo, marcó el número de su padre.

Félix, su mayordomo, contestó al tercer timbre.

—Soy Harris. ¿Podría hablar con mi padre?

—No se encuentra bien, señor, y me ha dicho que no quiere hablar con nadie.

Harris pensó en colgar, pero lo cierto era que verdaderamente necesitaba hablar con su padre.

—Yo, eh, es muy importante que hable con él, Félix.

—Sí, señor. Voy a ver.

Harris oyó cómo Félix se alejaba del teléfono para hablar con su padre.

—Señor, su hijo está al teléfono y dice que es urgente.

—¿Urgente? —contestó su padre, sorprendido—. Dígale que ahora mismo voy.

Harris sonrió satisfecho.

—¿Harris?

—Papá, perdona por molestarte.

—¿En qué te puedo ayudar?

La pregunta del millón de dólares y Harris no sabía cómo formularla ¿Cómo preguntarle a su padre por qué se escondía? ¿Cómo iba a averiguar si estaba ocurriéndole lo mismo que a él? ¿Cómo iba a encontrar las respuestas cuando no estaba seguro de las preguntas?

—¿Por qué se fue mamá? —preguntó por fin.

Cuando pensaba en por qué le costaba tanto comprometerse con una mujer, siempre recordaba aquella espantosa noche.

Harris oyó a su padre suspirar.

—Ojalá lo supiera.

—¿Has pensado alguna vez en lo que ocurrió aquel día?

Jamás habían hablado de aquel asunto y Harris no sabía por qué.

—Pienso en aquello todos los días.

—Papá, sería mejor que salieras un poco de casa. ¿Por qué no sales, por lo menos, al jardín a ocuparte de tus rosas?

—Hoy no me apetece. ¿Vas a volver pronto a la costa este?

—No —mintió Harris.

No quería ir a ver a su padre y, menos, cuando faltaba poco para el Día de Acción de Gracias. Siempre huía de casa de su padre y en ese momento se daba cuenta de por qué. Ver cómo vivía su padre le daba miedo porque él podía terminar igual.

Además, tenía otra razón para no volver a la costa este: Sarah. Lo mejor sería que no volviera a aceptar otro trabajo que no fuera en Asia.

—Gracias por haberme atendido —le dijo a su padre, aunque no había obtenido ninguna respuesta de él.

—Harris...

—¿Sí?

—Ya sé que nunca he sido el mejor padre del

mundo, pero si alguna vez me necesitas... estoy aquí.

—Lo sé, papá.

—Siempre estaré aquí para ti —le aseguró su padre.

Harris colgó el teléfono convencido de que la maldición de los Davidson se había cumplido de nuevo.

Capítulo Once

Harris salió del hotel y Ray lo estaba esperando. El conductor abrió el maletero de la limusina y metió sus maletas mientras Harris se introducía en el asiento trasero del vehículo.

El perfume de Sarah lo invadía todo.

Harris maldijo y se masajeó el puente de la nariz al sentir que le empezaba a doler la cabeza.

—¿Dónde le llevo? —le preguntó Ray una vez al volante.

—Al aeropuerto.

Ray lo miró con el ceño fruncido.

—¿Se va?

A Harris no le hacía ninguna gracia que su conductor lo tratara con tanta familiaridad, aquel hombre no debería hacerle preguntas, debería limitarse a cumplir sus órdenes, pero lo cierto era que a Harris le caía bien y, tal vez, echaría de menos su acento italiano y sus extrañas conversaciones telefónicas.

—No hay razón para que me quede —le dijo.

—¿No ha hablado con Sarah?

—No hay manera de hacerla cambiar de opinión —contestó Harris masajeándose la nuca.

Aquel dolor de cabeza iba a ser insoportable, pero él no se dejaba debilitar por el dolor físico, así que lo ignoró.

—¿Le ha mandado un regalo?

—No serviría de nada. Sarah quiere algo de mí que yo no puedo darle.

—¿Qué?

—Amor.

—¿Y por qué no puede dárselo?

—Es como intentar sacar agua de una piedra. No tengo nada que darle —contestó Harris sin saber por qué le estaba contando aquello a Ray.

Tal vez, porque su padre no había sabido ayudarle.

—¿Y por qué es una piedra? —le preguntó el conductor.

Harris no contestó. Lo único que sabía era que el amor era un riesgo que él no estaba dispuesto a correr. Deseó poder recordar lo que había pasado exactamente el día en el que su madre se fue.

—¿Por qué no nos tomamos una copa? Le podría ayudar a establecer un plan.

—Ray, ya he tomado una decisión y no voy a cambiar de parecer.

—¿Ah, no? Abróchese bien el cinturón.

—¿Por qué?

—Porque le voy a hacer cambiar de parecer.

La limusina salió del hotel, pero en lugar de dirigirse al aeropuerto, Ray comenzó a tomar velocidad entre los descampados de las afueras de la ciudad.

–Te advierto que no es fácil asustarme.

Ray siguió acelerando. El paisaje pasaba a través de las ventanillas tan rápido que a Harris no le daba tiempo a identificarlo. Harris se dijo que iba a tener que dar queja de Ray a la empresa de alquiler de limusinas porque aquel conductor se había pasado de la raya.

Por fin, el coche se paró.

–¿Dónde estamos? –preguntó Harris.

–En Connecticut, en 1978 –contestó Ray.

Estupendo. Resultaba que se había vuelto loco. Harris no sabía qué hacer. ¿Debía darle la razón en todo o intentar hacerlo entrar en razón?

–¿Te encuentras mal?

–Ojalá sólo fuera eso –contestó Ray–. Lo cierto es que me han encomendado la misión de que Sarah y tú os enamoréis.

–¿Quién? –preguntó Harris decidiendo que era mejor seguirle la corriente.

–Un ángel.

Harris pensó que Ray debía de tener un desdoblamiento de personalidad porque, antes de aquello, parecía una persona perfectamente normal.

–Estás de broma.

–Ojalá fuera así, pero no estoy de broma.

–¿Cómo sucedió todo eso?

–En el momento de morir, le pedí perdón a Dios.

–Y él te dijo que para concedértelo tenías

que hacer que Harris Davidson se enamorara, ¿no? No me lo creo, Ray.

De repente, el conductor estaba a su lado en el asiento trasero. Harris no lo había visto salir del vehículo, pero allí estaba.

—Cállate y ven conmigo —dijo Ray abriendo la puerta de la limusina.

Harris no quería salir del coche con un loco que decía que era una celestina celestial que podía retroceder en el tiempo, pero Ray lo agarró del brazo y lo forzó a salir.

Harris se encontró ante la casa en la que había vivido durante su infancia. Cerró los ojos y sacudió la cabeza, pero, al abrirlos, la casa seguía allí.

¿En qué año le había dicho Ray que estaban?

«Por favor, Dios mío, que todo esto no sea verdad», pensó.

—Tenemos que entrar.

—Yo te espero aquí —contestó Harris.

—Hemos venido por ti y tienes que entrar —insistió Ray.

Harris se encontró entrando en la casa de su infancia y subiendo a una habitación a la que no había vuelto desde que tenía seis años, la habitación de sus padres.

La estancia estaba bien iluminada y Félix, el mayordomo de su padre, y María, su esposa, estaban nerviosos junto a la puerta abierta.

Harris no quería mirar hacia la cama porque sabía lo que iba a ver. De repente, lo recordó todo sobre aquel día y entendió por qué llevaba toda la vida huyendo del amor.

–¿Por qué hemos venido aquí? –le preguntó a Ray.

–Porque tu mente ha elegido este momento.

Harris miró hacia la cama y vio las maletas en las que su madre estaba guardando su ropa. Vio a su padre, mucho más joven, que estaba junto a la ventana. Por último, se vio a sí mismo con seis años, agarrado con fuerza a la mano de su padre.

Parecía realmente asustado y no le gustaba dar aquella imagen.

–Mamá, ¿qué haces? –se oyó preguntar.

–Me voy –contestó su madre metiendo unos vestidos en la maleta a toda velocidad.

–¿Por qué?

–Porque ahora ya eres mayor, Harris. Has empezado el colegio hoy y ya no me necesitas.

–Vámonos, Ray –le dijo al conductor porque no quería seguir oyendo aquello.

–Todavía no –contestó Ray.

–Mamá, te necesito.

–Maldito niño, eres exactamente igual que tu padre. Siempre pidiendo amor, yo ya no te puedo dar nada más.

Harris observó a su padre y recordó lo fuerte que había sido aquel día. Sólo aquel día.

–María, llévese a Harris a su habitación.

–Te quiero, mamá –dijo Harris a la desesperada.

Su madre lo miró con frialdad.

–El amor es un síntoma de debilidad, Harris.

Ray lo agarró del brazo y Harris se encontró de nuevo en el asiento trasero de la limusina, enfrente del hotel Dolphin.

¿Habría sido todo un sueño?

–¿Ray?

–¿Sí, señor?

–¿Acabamos de…?

Harris decidió no preguntar nada. No quería sonar como si estuviera loco, pero lo cierto era que todo le había parecido muy real. Aquella noche se había prometido a sí mismo no enamorarse jamás, no volverle a decir a una persona que la quería, pero había llegado el momento de romper aquella promesa.

Sarah no estaba teniendo un buen día.

El coche se le había vuelto a estropear, los gemelos estaban enfadados entre ellos y Roger había aceptado el trabajo que le habían ofrecido en otro restaurante.

Su vida se había truncado en los últimos tres días, faltaban sólo dos días para que llegara el Día de Acción de Gracias y les obligaban a desalojar el restaurante en cuatro.

No había dormido desde que Harris se había ido, desde la última vez que había hablado con él. Se preguntó si no tendría que haber aceptado lo que estaba dispuesto a ofrecerle, pero sabía que no era suficiente.

Ella quería su corazón solitario, su confianza y su inteligencia, cosas que Harris no le había ofrecido y que ella no había tenido el valor de pedirle.

La única vez que le había pedido a un hombre, a Paul, que se quedara, se había ido.

Por primera vez desde que tenía dieciocho años, no sabía qué hacer. Aquélla era la última noche que el Taste of Home iba a estar abierto.

De momento, sin embargo, estaba cerrado. Todavía faltaban dos horas para que se abriera al público, así que estaba sola. Se paseó entre las mesas vacías y miró hacia la pequeña pista de baile en la que había bailado aquel apasionado mambo con Harris.

Todo en aquel restaurante le recordaba a él. Desde el frigorífico donde había guardado las flores que le había regalado hasta el despacho donde habían hecho el amor y donde habían cenado la noche de Halloween.

Sarah se dirigió al despacho de su padre, abrió la puerta y se sentó en su butaca de cuero. La fotografía de su madre la miraba desde la mesa y el amor de sus padres la envolvió de repente.

—¿Qué voy a hacer? —se preguntó Sarah en voz alta.

—Lo que te dicte el corazón.

Al principio, Sarah creyó que era su madre la que le hablaba, pero se dio cuenta de que era Ray, que estaba en la puerta.

–¿Qué haces aquí?

–He venido a ayudarte –contestó el conductor–. Harris me ha pedido que venga a recogerte.

Harris le había mandado flores y bombones en los últimos días, así como una cesta con especias y un osito de peluche con un gorro de cocinero. La noche anterior le había mandado un libro de poesía de Byron y un CD de jazz.

A Sarah le había dado miedo aceptar aquellos regalos porque temía dejarse llevar y acabar aceptando lo que Harris quisiera, a pesar del gran coste personal que aquello tendría para ella, así que los había devuelto.

–No quiero hablar con él, pero gracias por venir.

–¿Entonces no vas a seguir mi consejo?

–Lo he intentado –le aseguró Sarah–. ¿Te he dicho alguna vez que éste es el despacho de mi padre?

–Sí –contestó Ray–. Sarah, siempre es duro dejar el pasado atrás, pero este sitio no es el único recuerdo que tienes de tus padres.

Sarah pensó que el conductor tenía razón. Los recuerdos no iban a desaparecer de su memoria porque no pudiera mantener el restaurante. Los recuerdos siempre estarían con ella a pesar de que el consorcio, con el que había hablado, se negara a que el restaurante permaneciera abierto.

–No dejes pasar la oportunidad del amor –insistió Ray refiriéndose a Harris.

–Me ha traicionado –le recordó Sarah–. Sabía que me iban a quitar el restaurante y no me lo dijo.

–¿Es verdaderamente por eso por lo que estás enfadada con él?

Sarah lo pensó unos segundos.

–No lo sé.

–Tienes que ser sincera contigo misma antes de poder ser sincera con los demás.

–Yo soy siempre sincera conmigo misma.

–Entonces, no te costará demasiado serlo con los demás.

–¿Qué quieres de mí?

–Que hagas lo que a tus padres les hubiera gustado que hicieras.

–¿Te refieres al restaurante?

–¿De verdad estás siendo sincera contigo misma? –le preguntó Ray antes de salir del despacho.

Sarah se quedó pensando en sí misma y en su vida y se dio cuenta de que no había vivido su sueño sino el de sus padres y que su sueño incluía a Harris.

–Ray, espera. Quiero ir a ver a Harris.

Capítulo Doce

Harris estaba nervioso.

Su mente le decía que aquel edificio y los planes que había hecho para un nuevo restaurante serían suficiente para que Sarah volviera con él, pero no estaba seguro de ello.

Era su última oportunidad. Por eso, le sudaban las manos y tenía el pulso acelerado. Se pasó el dedo entre la piel y el cuello de la camisa y miró a su alrededor.

La estancia estaba vacía, pero el lunes llegarían las mesas y las sillas que había comprado, el martes el nuevo Taste of Home estaría completamente decorado y el miércoles, si todo iba bien, el nuevo restaurante abriría sus puertas para familiares y amigos.

Sin embargo, en aquel momento sólo había una mesa con una vela, la cena que Harris había recogido en un restaurante thailandés y una pequeña cadena de música cerca de la pista de baile.

El edificio estaba situado en el centro de Orlando, en un barrio que estaba subiendo como la espuma. Cuando Sarah le había devuelto el primer regalo, Harris se había dado cuenta de que iba a tener que hacer algo mucho más importante.

Inmediatamente, se había puesto a mirar locales y, al encontrar aquel edificio, lo había comprado para regalárselo.

Quería que Sarah le diera otra oportunidad, convencerla de que amarlo no era un error, convencerla de que podía ser su compañero para toda la vida.

Cuando se abrió la puerta, Harris se giró y la vio ataviada con un abrigo ligero, pues la noche había refrescado.

—Hola, Harris —lo saludó entrando.

—Hola —contestó él sin saber cómo actuar.

—Ray me ha dicho que querías verme.

—Sí, gracias por venir —dijo Harris sintiéndose como un idiota.

—De nada.

Harris se acercó a ella y aspiró su aroma. Su cuerpo experimentó inmediatamente una descarga eléctrica y la sangre se aceleró en sus venas.

Al instante, pensó que, si lo del restaurante no daba resultado, la tomaría entre sus brazos y le haría el amor hasta haber borrado todas las dudas sobre él de su mente.

Sarah se quedó mirándolo y Harris alargó el brazo para tocarla, pero ella se apartó.

«Esto no va a ser fácil», pensó Harris.

Acto seguido, le pidió el abrigo y la condujo a la mesa.

—¿Quieres vino? —le preguntó una vez sentados.

Sarah asintió y Harris le sirvió una copa de vino español. Lo tenía todo preparado al detalle, todo era perfecto, pero de repente la perfección no le pareció suficiente.

—Por el futuro —brindó Harris.

Sarah se quedó mirándolo a los ojos, pero no brindó.

—No entiendo muy bien qué hago aquí. ¿Qué es esto?

—El nuevo local para tu restaurante.

—¿Por qué?

—Porque he estado pensando en lo que me dijiste...

—¿Y?

—Y quería devolverte lo que te he quitado. Quiero que todo vuelva a ser como antes para que tú y yo podamos seguir juntos.

—No puedo aceptarlo —contestó Sarah.

—¿Por qué? Es un local estupendo. Está cerca de muchas empresas y la clientela es la perfecta para ti. No he tenido tiempo de hacer un estudio en profundidad, pero lo voy a hacer porque...

—Harris, no quiero volver contigo por dinero.

—Me lo temía.

Sarah se puso en pie y fue hacia la puerta.

—Ningún hombre había tenido un gesto tan generoso conmigo —le dijo desde allí.

—Ya —contestó Harris.

Sarah se giró hacia él.

Harris se puso también en pie y se acercó a

ella. La agarró de los hombros y la apretó contra su cuerpo antes de besarla con pasión.

–Te tengo que decir otra cosa –le dijo a continuación, emocionado al ver que a Sarah le brillaban los ojos y se había sonrojado.

Sarah se mordió el labio inferior y Harris se dio cuenta de que estaba al borde de las lágrimas.

–Yo...

Maldición. No podía decirlo. De repente, se volvió a sentir como cuando tenía seis años.

–¿Sí? –lo animó Sarah besándolo en el cuello.

Harris vio la esperanza reflejada en sus ojos y se dio cuenta de que, cuando dos personas se quieren, no hay lugar para la vulnerabilidad.

–Te quiero –le dijo al oído.

Sarah se rió y lo abrazó con fuerza.

–Yo también te quiero.

–¿De verdad?

–Incluso cuando estaba enfadada contigo, te seguí queriendo.

–Soy nuevo en esto.

–Yo, también.

Harris la volvió a besar y se sacó del bolsillo una cajita. A continuación, se arrodilló ante Sarah.

–Te tengo que preguntar una cosa.

Sarah se arrodilló junto a él.

–¿Te quieres casar conmigo?

–Sí –contestó Sarah abrazándolo de nuevo.

Harris perdió el equilibrio y cayó de espaldas con ella encima. Le colocó el anillo en el dedo anular y le besó la mano.

—No dejes jamás de quererme.

—No lo haré.

—¿Incluso si te hago enfadar?

—Incluso entonces.

Harris se puso en pie y la ayudó a levantarse. Se moría por hacerle el amor, pero sabía que no era el momento, pues había invitado a tomar el postre a Burt y a Isabella con la esperanza de tener buenas noticias que darles.

Y así era.

También había invitado a Ray. Media hora después, Harris respiró aliviado al comprobar que los hermanos de Sarah estaban encantados de que se fueran a casar.

Pasaron un buen rato alrededor de la mesa hablando y haciendo planes de futuro y, por primera vez en su vida, Harris se sintió parte de algo permanente y duradero.

Entonces, se dio cuenta de que había encontrado el hogar que llevaba toda la vida buscando.

Epílogo

—Muy bien, Pasquale, lo has hecho muy bien –dijo una voz a mis espaldas.

—Muñeca, ya te he dicho que me llames Il Re –contesté girándome hacia el ángel.

—¿Qué te tengo dicho sobre lo de llamarme muñeca?

Sonreí encantado de mí mismo y deseé que Tess me viera en aquellos momentos. Por supuesto, era imposible, pero yo sabía que se hubiera sentido orgullosa de mí.

—No lo puedo evitar, estoy encantado de haberlo conseguido.

—Pues no lo estés tanto.

—¿Por qué?

—Porque no has hecho las cosas como deberías haberlas hecho.

—Te recuerdo que no me has dado un manual en ningún momento. Sólo me dijiste que se tenían que casar y yo, Il Re, he conseguido que así sea.

—En eso, tienes razón. En cualquier caso, creo recordar que ya te había dicho que aquí sólo hay un rey.

–Sí, pero me he dado cuenta de que yo también puedo serlo.

–¿Ah, sí?

–Sí, yo soy el rey de corazones.

El ángel estuvo a punto de sonreír. Estoy seguro de ello porque vi cómo se le movían los labios, pero se evaporó de repente y yo me vi fuera de la iglesia en la que se estaban casando Sarah y Harris.

Me alegraba mucho de que hubieran terminado juntos y de que yo hubiera tenido algo que ver en aquello, porque había contribuido a que el mundo fuera un poquito mejor.

Sí, parecía un cursi hablando, pero no me importó porque mis amigos no estaban por allí para reírse de mí.

Estaba yo solo con mi conciencia y mi conciencia me decía que ser el rey de corazones era una bendición.

En el Deseo titulado
Un asunto del corazón
**podrás leer la siguiente historia
de esta apasionante miniserie.
Dale la vuelta a la página y disfrutarás
de un pequeño anticipo.**

Capítulo Uno

El primer hombre que realmente le había gustado era lo único que la separaba del ascenso. C.J. Terrence sonrió con una confianza que no sentía en absoluto mientras le estrechaba la mano a Tad Randolph.

Habían pasado diez años desde la última vez que se habían visto y había cambiado mucho. Se había teñido el aburrido pelo castaño de un bonito tono caoba y había sustituido las gafas de pasta por unas lentillas azules que ocultaban sus ojos marrones. El mayor cambio había sido que había adelgazado diez kilos.

Aun así, en aquellos momentos, se sentía como la vecina normal y corriente que había sido en el pasado. Tanto fue así que se tocó el puente de la nariz para subirse las gafas que llevaba entonces. Al hacerlo, se dio cuenta de que ya no era la de antes.

Tomó aire y se dijo que había cambiado tanto físicamente que era imposible que Tad la reconociera. Ella sí que lo había reconocido a él, que había engordado, por lo menos, lo mismo que ella había adelgazado, pero todo de sólido músculo.

Era la viva imagen del propietario de una empresa de artículos deportivos.

Era una lástima que no estuviera empezando a perder pelo, como otros hombres de su edad. Todo lo contrario. Seguía teniendo el pelo rubio y abundante. Estaba realmente guapo y C.J. quería salir de allí cuanto antes.

–C.J. Terrence –se presentó con la esperanza de que Tad no la recordara como la Cathy Jane que había conocido en el colegio.

DESEO

KATHERINE GARBERA

UN ASUNTO DEL CORAZÓN

Prólogo

Morir no había sido exactamente lo que yo esperaba. Sin embargo, tras haber conseguido unir a una pareja, me sentía más seguro de mí mismo.

Aun así, ahora que estaba en aquel lugar intermedio que en la tierra llamaban Purgatorio, aquello de no tener cuerpo material me seguía asustando.

Antes de morir acribillado de cinco balazos en el pecho por la traición de uno de mis lugartenientes, había sido un capo de la mafia, pero en esos momentos me veía allí.

El trato que tengo es que debo unir en el amor a tantas parejas como enemigos maté por odio.

Eso quiere decir que voy a ver a ese ángel unas cuantas veces.

Lo cierto es que hacer de celestina no era lo que más me apetecía en el mundo, pero la vida está llena de sorpresas.

La muerte, también.

Ante mí había una mesa de castaño sobre la que reposaban una lámpara y una caja de bombones.

Ya había estado allí antes.

También estaba el ángel, haciendo como que no me había visto, anotando algo en un cuaderno.

Yo había utilizado aquella estratagema un par de veces con mis subalternos y no me gustó que me lo hicieran a mí porque me hizo sentir como un novato y no como el jefe de jefes que había sido en vida.

–¿Qué toca ahora, muñeca? –le pregunté.

–Señor Mandetti, si no quiere que dé todo esto por terminado ahora mismo, será mejor que deje de llamarme muñeca –contestó el ángel.

No me había acostumbrado todavía a que me llamara por mi apellido pues, en la tierra me llamaban «Il Re».

El rey, sí. Así me llamaban porque lo era.

–Es que no sé cómo te llamas.

–Me llamo Didiero y soy un serafín.

–¿Un qué?

–Uno de los ángeles más importantes de Dios.

–Ah –contesté sintiéndome como un tonto.

No me gustó el tono condescendiente con el que me había hablado, pero aquel ángel tenía la sartén por el mango y yo tenía muy claro desde que había vuelto al mundo de los humanos que no quería ir al infierno.

Además, aunque no lo hubiera admitido jamás ante nadie, me había gustado hacer algo bueno.

4

–¿Didi? –le dije.

–¿Me habla a mí? –contestó el ángel sin levantar la mirada de los papeles que tenía ante sí.

–Didiero es muy largo.

Cuando me miró, pensé que aquel ángel sería capaz de volverme loco si la dejara.

–¿Qué me toca ahora? –le pregunté.

–¿Quiere seguir en orden?

–No, dame ese sobre verde de ahí abajo –contesté rezando para que el montón del medio fuera más fácil.

Estaba seguro de que aquello de unir parejas se había terminado. Aquello había debido de ser la suerte del principiante, pero no se iba a repetir.

Didi me dio el sobre y yo lo abrí y lo leí.

CJ Terrence y Tad Randolph.

–¿Es que acaso no son capaces de hacerlo ellos solitos?

–Claro que sí, Mandetti, estos no necesitan ayuda. Por cierto, te quería advertir una cosa.

–¿De qué se trata?

–No vas a tener la misma apariencia humana todas las veces.

–Muñeca, ve directamente al grano.

–Me parece que el que se va a ir directamente eres tú.

Dicho aquello, el ángel desapareció y yo sentí que el cuerpo se me desintegraba.

Acto seguido, me encontré en las calles de Chicago.

«Esta ciudad me encanta», pensé.

De momento, aquel encargo tenía buena pinta.

Estaba ante el edificio Michigan, en la avenida Michigan. Miré el reflejo de los cristales y vi a una anciana y a dos hombres mal vestidos.

«No está mal».

No me importaba ser un joven hippie.

Me acerqué al cristal y me di cuenta de que la única que se había movido había sido la anciana.

¡No podía ser!

Hice un gesto obsceno con el dedo corazón y comprobé que era una anciana con un vestido espantoso.

Seguro que Didi se estaba riendo a carcajadas en el Cielo.

¡Se iba a enterar cuando nos volviéramos a ver!

Capítulo Uno

El primer hombre que realmente le había gustado era lo único que la separaba del ascenso. CJ Terrence sonrió con una confianza que no sentía en absoluto mientras le estrechaba la mano a Tad Randolph.

Habían pasado diez años desde la última vez que se habían visto y había cambiado mucho. Se había teñido el aburrido pelo castaño de un bonito tono caoba y había sustituido las gafas de pasta por unas lentillas azules que ocultaban sus ojos marrones. El mayor cambio había sido que había adelgazado diez kilos.

Aun así, en aquellos momentos, se sentía como la vecina normal y corriente que había sido en el pasado. Tanto fue así que se tocó el puente de la nariz para subirse las gafas que llevaba entonces. Al hacerlo, se dio cuenta de que ya no era la de antes.

Tomó aire y se dijo que había cambiado tanto físicamente que era imposible que Tad la reconociera. Ella sí que lo había reconocido a él, que había engordado, por lo menos, lo mismo que ella había adelgazado, pero todo de sólido músculo.

7

Era la viva imagen del propietario de una empresa de artículos deportivos.

Era una lástima que no estuviera empezando a perder pelo, como otros hombres de su edad. Todo lo contrario. Seguía teniendo el pelo rubio y abundante. Estaba realmente guapo y CJ quería salir de allí cuanto antes.

–CJ Terrence –se presentó con la esperanza de que Tad no la recordara como la Cathy Jane que había conocido en el colegio.

Tad aceptó su mano y se la estrechó con fuerza. CJ sintió un escalofrío de deseo o, tal vez, de nervios.

La mano de Tad era mucho más grande que la suya, pero aquello no era sorprendente pues CJ tenía una estatura normal mientras que él se había convertido en un gigante desde la última vez que lo había visto.

Tenía callos en la palma de la mano, que era áspera y cálida a la vez. CJ se preguntó qué sentiría si la acariciara.

Sintió un estremecimiento de anticipación y se dio cuenta de que Tad la estaba mirando atentamente.

¿Habría adivinado lo que estaba pensando?

–Señorita Terrence, ¿dónde quiere que le deje estas presentaciones? –preguntó Rae-Anne King.

CJ soltó la mano de Tad y miró a su nueva secretaria.

–Perdóneme un momento.

–Ha sido un placer conocerla, CJ –contestó Tad.

—Tengo que... hacer algunas cosas —le informó CJ.

—No quiero entretenerla.

Un minuto en presencia de aquel hombre y CJ había perdido diez años de confianza en sí misma, una confianza que había conseguido ella solita, aprendiendo a no depender de nadie.

Tad asintió y se acercó a la cafetera que CJ había instalado. Tendría que haber sido su secretaria la que se hubiera ocupado de aquello, pero era su primer día de trabajo y Rae-Anne andaba un poco perdida.

CJ se dirigió a uno de los extremos de la larga mesa de conferencias, ordenó sus papeles y miró por la ventana.

Estaban a principios de diciembre y hacía frío aquella mañana en Chicago. El cielo estaba gris y húmedo y las decoraciones navideñas de la avenida Michigan no eran suficientes para alegrar el ambiente.

CJ tomó aire, murmuró su mantra y se giró hacia los presentes.

En aquel momento, Tad le tocó el hombro. CJ comenzó a hablar, pero se le cayeron los papeles que tenía en la mano.

«Maldición».

Seis años de sólido trabajo en el mundo de la publicidad estaban a punto de irse al garete.

Tad recogió los papeles del suelo y se los entregó. Al hacerlo, sus manos se tocaron.

—Tiene las manos frías —observó Tad.

–Siempre la tengo así –contestó CJ sinceramente, pues ni siquiera en verano se le calentaban.

–Ya sabe lo que dicen de las personas que tienen las manos frías.

–La verdad es que no lo sé.

–Dicen que las personas que tienen las manos frías tienen el corazón caliente. ¿Usted tiene el corazón caliente, CJ?

CJ decidió que no iba a permitir que Tad Randolph, el único chico que le había gustado en su vida, flirteara con ella en la sala de conferencias.

–¿CJ?

–Eh... no lo sé.

–Hay algo en usted que me resulta familiar –apuntó Tad.

CJ recuperó sus papeles y rezó nerviosa por que no la reconociera.

–¿Nos conocemos?

CJ negó con la cabeza.

«Por favor, Dios mío, no hagas que me reconozca como castigo por haber mentido», pensó cruzando los dedos a la espalda por si acaso.

En aquel momento, llegó su jefe.

–CJ fue una de los treinta profesionales que eligió el año pasado *Advertising Age* como más proclives al éxito, un grupo de gente de veintitantos años que está poniendo el mundo de la publicidad patas arriba.

Butch Baker, su jefe inmediato, tenía cuarenta y ocho años y llevaba toda la vida en Taylor, Banks and Markim.

Iba a estar presente en la reunión para observarla porque era una de las candidatas a convertirse en poco tiempo en la directora del departamento nacional de la empresa.

Aquella reunión no era decisiva para su promoción, pero conseguir la cuenta de la empresa de equipamientos deportivos de Tad no le vendría nada mal.

Butch y Tad se pusieron a hablar de amigos que tenían en común y CJ volvió a concentrarse en su presentación.

Todo volvía a estar en su sitio.

Lo cierto era que si Marcia hubiera seguido trabajando con ella todo habría salido bien desde el principio, porque le habría advertido de que Tad Randolph era el dueño de P.T. Xtreme Sports al entregarle la información.

Echaba de menos a su antigua secretaria, con la que había trabajado de maravilla durante cuatro años.

Marcia se había casado con Stuart Mann y había decidido formar una familia, así que había dejado de trabajar.

–¿Está nerviosa? –le preguntó su nueva secretaria cuando el resto de los ejecutivos entraron en la sala de conferencias.

–No debería estarlo porque hago presentaciones como ésta continuamente –contestó CJ.

«Sí, pero no delante del chico del que estabas enamorada en el colegio y del que depende obtener una buena cuenta y… eventualmente el ascenso», se dijo a sí misma.

–Entonces, ¿por qué lo está? –preguntó Rae-Anne.

–Buena pregunta –contestó CJ–. Gracias por su ayuda. Puede volver a la oficina.

–Buena suerte.

–Gracias.

CJ tomó aire, echó los hombros hacia atrás y comenzó la presentación. En todo momento, evitó la mirada de Tad y habló con la confianza que había adquirido desde que se había ido de la pequeña población en la que se había criado y que había necesitado desde que Marcus la había abandonado.

Habría sido mucho más fácil aceptar la aparición de Tad en su vida si aquel hombre no hubiera sido tan guapo.

«Recuerda lo que te dijo y cómo te sentiste al darte cuenta de que habías depositado tu confianza en alguien tan superficial. Recuerda que Tad no ha sido el único que te ha enseñado esa lección. Marcus también lo hizo», se dijo.

¿Cuántas veces le iban a tener que hacer daño para que aprendiera?

El trabajo era mucho más fácil. El mundo de la publicidad era mucho más seguro que el del amor y no la había hecho sufrir.

Sin embargo, había una parte de ella que se preguntaba qué se sentiría al besar a Tad Randolph, el chico más popular del colegio. Le encantaría experimentarlo para saber si aquella fama era cierta.

CJ ya no era aquella chica de ropas amplias y

pelo cardado. Ahora, era una sofisticada mujer de ciudad que sabía cómo llamar la atención de los hombres. Por lo menos, en la sala de conferencias.

A medida que la presentación fue avanzando, recobró la seguridad en sí misma y se dijo que, aunque Tad la reconociera, no sería el fin del mundo.

–Sabemos que lleva usted mucho tiempo trabajando con Tollerson, pero le ofrecemos la posibilidad de hacer que su empresa vaya aún mejor –concluyó.

–Muchas gracias. Me pondré en contacto con ustedes antes del fin de semana –contestó Tad.

Se puso a hablar con Butch mientras CJ recogía las notas de su presentación y pensaba que, si no se equivocaba, era prácticamente seguro que P.T. Xtreme Sports le iba a dar su cuenta de publicidad.

–Has estado magnífica –la felicitó su jefe.

–Gracias.

Cuando su jefe se fue, CJ sintió ganas de ponerse a bailar de felicidad. La sala de conferencias comenzó a quedarse vacía, pero Tad seguía allí.

–Me ha dejado usted realmente impresionado, CJ Terrence.

–Gracias –contestó CJ con nerviosismo.

Debería aclarar la situación, decirle que habían ido al mismo colegio.

Tad se acercó a ella.

Había algo sensual en su mirada. ¿Se sentía atraído por ella?

–¿Le doy miedo? –le preguntó levantando una ceja al ver que CJ había dado un paso atrás.

–No.

Tad sonrió y volvió a acercarse.

CJ se dijo que no tenía más que dar otro paso atrás y huir de allí, pero no quería hacerlo. Aquel hombre olía de maravilla. CJ cerró los ojos y tomó aire.

Tad la agarró de la mano y le acarició los nudillos.

–¿Seguro que no nos conocemos de algo?

No, por favor, otra vez no. ¿Por qué no se había ido mientras había podido?

¿Qué le iba a decir? Lo cierto era que no quería que la mirara y se acordara de la chica que había sido en el colegio.

Sin embargo, no podía ser su publicista y mentirle.

–¿Y bien, señorita Terrence?

–¿Y bien qué, señor Randolph? –contestó CJ retirando la mano.

Había llegado el momento de recuperar el control y salir corriendo de la sala de conferencias.

–¿CJ Terrence… CJ… Cathy Jane?

CJ se quedó de piedra.

No se le ocurría nada inteligente que decir, así que se limitó a asentir.

–Ya sabía yo que te conocía de algo. ¡Eres la Mujer gato!

CJ deseó tener una máquina del tiempo. De ser así, no habría viajado al futuro para ver las

14

maravillas del mundo ni al pasado a la época de la Regencia en Inglaterra, sino que habría vuelto a su primer año en el instituto.

Para empezar, habría ido a su casillero a destruir la caja de bombones que guardaba en él. A continuación, le habría dicho a la versión adolescente de sí misma que dejara de ponerse ropa amplia para disimular su gordura porque no servía de nada y, para terminar, le aconsejaría lo que nadie le había aconsejado a ella en su momento y alguien tendría que haber hecho: que no se autodenominara «Mujer gato».

En aquel entonces, le parecía divertidísimo, pero ahora, con casi treinta años, le resultaba casi humillante.

Sin embargo, no disponía de una máquina del tiempo, así que iba a tener que hacer frente a aquello como pudiera.

Intentó tranquilizarse diciéndose que la empresa de Tad Randolph no era la única de equipamientos deportivos. Ya encontraría otra.

Claro que, para entonces, Paul Mitchum le habría ganado el ascenso y su carrera en Taylor, Banks and Markim estaría acabada.

CJ deseó que se la tragara la tierra.

—Eso fue hace mucho tiempo —dijo tragando saliva—. Ya no soy la misma.

—¿Por qué no me has dicho quién eras?

—Venga ya, Tad, ¿de verdad te gustaría que la Cathy Jane de Auburndale representara a tu empresa?

—No eres la misma —le recordó Tad.

–No, he cambiado mucho –afirmó CJ mirándolo a los ojos.

Sus ojos grises verdosos siempre la habían fascinado. En ellos vio reflejadas inteligencia, voluntad y experiencia.

CJ sintió la tentación de olvidar lo que había aprendido con los hombres y arriesgar el corazón diciéndose que, tal vez, aquél fuera el hombre que jamás la dejaría.

–Tengo que volver al trabajo –anunció sin embargo.

–No quiero entretenerte.

CJ terminó de recoger sus papeles y salió de la sala de conferencias sin mirar atrás.

–¿CJ?

CJ se volvió hacia él.

–¿Quieres cenar conmigo?

–Oh, Tad. No puedo.

–¿Por qué no? Venga, Cathy Jane, por los buenos tiempos.

–Ahora me llamo CJ.

La invitación era tentadora, pero CJ sabía que no debía aceptar porque no servía de nada escarbar en el pasado.

Además, se había ido de Auburndale por él. Tras oírle hablar de ella con sus amigos, se había dado cuenta de que tenía que empezar de cero en un sitio donde nadie la conociera.

Chicago le había parecido el lugar perfecto. Sin embargo, allí había aprendido que huir de uno mismo no servía de nada si no se cambiaba.

Había seguido siendo la misma chica rara y tímida hasta que Marcus la había abandonado forzándola a tomar las riendas de su vida.

–Sé que no eres la misma, pero fuimos amigos en el pasado y me gustaría invitarte a cenar –insistió Tad.

CJ no pudo evitar sonreír.

Era cierto que habían sido amigos. Cuando CJ había ido a vivir a Auburndale con doce años se había encontrado la ciudad vacía. Tad era el único chico de su edad y, a pesar de que eran muy diferentes, se habían pasado todo el verano montando en bicicleta y pasándoselo en grande.

CJ había olvidado aquello y en ese momento se daba cuenta de que había una parte de aquel chico que le resultaba muy querida. Por supuesto, no la parte adolescente de aquel chico al que le había preocupado más su imagen que sus sentimientos, sino el amigo que la había acogido con los brazos abiertos cuando se había mudado a su ciudad.

–Por favor, sólo una cena. ¿Qué hay de malo en ello?

CJ no se pudo resistir a la tentación. Aquel hombre había sido su amor secreto y él jamás había reparado en ella. Ahora, le gustaba como mujer.

Era su mejor fantasía hecha realidad.

–Está bien –accedió–, pero sólo una vez porque vamos a trabajar juntos y no quiero que pasen cosas raras.

–Me encanta que te muestres tan segura de ti misma, Mujer gato.

–Una cosa más.

–¿Sí?

–No vuelvas a llamarme así.

–¿Qué me vas a hacer si lo hago? Ahora, soy mucho más fuerte que tú.

–Te advierto que soy cinturón negro de tae kwon do.

–No me lo puedo creer. Yo también hago tae kwon do.

CJ se estremeció. No debería tener tantas cosas en común con él, con aquel chico que le había roto el corazón y le había hecho pensar que jamás encontraría a un compañero para compartir su vida.

–Me encantaría practicar contigo.

–Vuelve a llamarme Mujer gato y te aseguro que así será. No me apetece hablar del pasado.

–A mí tampoco. Lo que me apetece es conocer a la nueva CJ.

CJ intentó sonreír mientras se alejaba porque sabía que no había mucho de nuevo en ella. Seguía siendo la misma chica desgarbada de siempre.

Capítulo Dos

Tad suponía que CJ había intentado ponerlo en su sitio, pero, mientras la veía alejarse y disfrutaba del vaivén de sus caderas, no le importó.

Cómo había cambiado desde el colegio. Tad recordaba a aquella chica solitaria que lo había hecho sentirse como un héroe por haberle puesto tiritas en las heridas que se había hecho al caerse de la bicicleta.

La recordaba como a una chica tímida y dulce demasiado lista para él. También recordaba a aquella chica que no le había vuelto a hablar después de la fiesta de graduación del último curso.

Tad siempre se había preguntado por qué habría cortado la relación con él de esa manera tan brusca.

Aquella mujer con la que acababa de estar en la sala de conferencias era una mezcla sensual de inteligencia, desparpajo y chispa, exactamente lo que más le gustaba en una mujer.

Cinco años antes, cuando se había ido a vivir a Chicago, su madre le había insistido en que buscara a Cathy Jane, pero Tad no lo había hecho.

Más o menos por las mismas fechas, Kylie, su novia de la universidad, lo había dejado alegando que no quería ser el segundo plato por detrás de su empresa de equipamientos deportivos.

Por eso, a Tad se le habían quitado las ganas de buscar a aquella chica que le había dado la espalda después de muchos años de amistad.

Su madre insistía para que se casara, pero en aquel momento Tad no quería ni oír hablar de las mujeres porque, además, su empresa estaba pasando por momentos cruciales y lo último que quería era casarse.

Había aparcado sus sueños de tener una esposa y una familia y se había concentrado en que su empresa fuera bien. Sin embargo, en aquellos cinco años la salud de su madre se había deteriorado considerablemente y Tad sabía que lo que más ilusión le hacía era verlo casado.

Sin ir más lejos, la noche anterior había hablado con él por teléfono y le había dicho que era la única de sus amigas que no tenía nietos.

Tad era sincero consigo mismo y tenía muy claro que quería una familia, pero encontrar a la mujer adecuada no era fácil, pues quería una mujer que lo cuidara y que lo necesitara.

Cathy Jane habría encajado perfectamente, pero no estaba seguro de que CJ lo hiciera.

Recordó aquella melena de color castaño que siempre intentaba tocar accidentalmente. Qué pelo tan suave tenía. Tad se preguntó si seguiría teniéndolo a pesar de que se había teñido.

Siempre le habían gustado también sus ojos, aquellos grandes ojos marrones que se ocultaban detrás de unas larguísimas y rizadas pestañas.

Con los ojos azules también estaba muy bien, pero Tad se preguntó por qué habría decidido cambiar tanto.

En aquel momento, vio que había una cartera de cuero sobre la mesa y la abrió. Al hacerlo, se encontró con que Catherine Jane Terrence lo miraba desde una foto de carné.

Tad se fijó en la dirección. Vivía a unas cuantas manzanas de él. Llevaban siendo vecinos un montón de años y jamás se habían visto. Por otra parte, Tad sabía que no habría reconocido a su compañera de juegos infantiles si no se hubiera presentado.

Salió de la sala de conferencias silbando y se encontró con una recepcionista muy guapa que le sonreía a medida que se acercaba a ella.

—¿Le importaría decirme cuál es el despacho de la señorita Terrence? —le preguntó Tad.

—Tiene usted que seguir ese pasillo y es la tercera puerta de la izquierda —murmuró la chica.

—Gracias.

Tad se paró ante la puerta que le habían indicado. CJ estaba hablando con su secretaria. Por lo visto, no estaba siendo un buen día.

Tad pensó que aquella mujer trabajaba demasiado. Ni siquiera era la hora de comer y ya estaba estresada.

Llamó al marco de la puerta y ambas mujeres lo miraron.

La secretaria de CJ era una mujer de mediana edad, pelo entrecano y unas cuantas arrugas.

Ambas parecían enfadadas.

–¿Qué quieres? –le preguntó CJ.

–Te has dejado esto en la sala de conferencias –contestó Tad preguntándose por qué aquella mujer lo hacía sentirse como si estuviera en su primera cita cuando normalmente no tenía problemas para hablar con las mujeres con naturalidad.

–Gracias. La podrías haber dejado en recepción.

–Sí, así es –contestó Tad.

¿Por qué estaba aquella mujer tan decidida a que la relación entre ellos fuera única y exclusivamente laboral? Probablemente, porque a aquellas alturas lo único que había entre ellos era trabajo.

Sin embargo, cuando se habían dado la mano en la sala de conferencias hacía un rato, Tad había sentido algo entre ellos que no tenía nada que ver con campañas publicitarias.

–Te quería hacer unas cuantas preguntas sobre la presentación –improvisó–. ¿Me podrías conceder cinco minutos?

–Claro que sí –contestó CJ–. Rae-Anne, ¿por qué no aprovecha para decirle a Gina que le enseñe el edificio?

Rae-Anne pasó junto a Tad murmurando algo sobre las mujeres marimandonas y, aunque el italiano de Tad nunca había sido bueno, creyó oírla maldecir en ese idioma.

–Tu secretaria es... diferente –comentó.

–Es temporal. Hoy es su primer día y todavía anda perdida –contestó CJ apartándose un mechón de pelo de la cara–. ¿Qué preguntas me querías hacer?

Lo cierto era que no tenía ninguna pregunta, pero no le había gustado la actitud de CJ y hacía mucho tiempo que había aprendido que, cuando quería algo, tenía que ir a por ello.

–Sólo quería aclarar unos detalles –carraspeó–. Tenemos contratada a una productora que se encarga de realizar los vídeos educacionales y solemos hacer también con ellos los anuncios.

–Pasa a mi despacho –le indicó CJ señalándole una puerta que conectaba con otra habitación.

Tenía un bonito despacho con un ventanal que daba a la avenida Michigan y de cuyas paredes colgaban varios premios de diferentes empresas. El artículo al que su jefe se había referido estaba enmarcado y en él se veía a una mujer segura de sí misma que no tenía nada que ver con la Cathy Jane que él había conocido.

Lo cierto era que él siempre había estado seguro de que aquella chica, a pesar de ser tímida, tenía muy claro que quería irse de Auburndale.

–No creo que tengamos ningún problema con eso. Cuando te hayas decidido, me das el nombre del jefe del departamento de publicidad y yo hablaré con él.

–Prefiero ocuparme yo de eso –contestó Tad arrellanándose en una butaca de cuero.

Aquel despacho era acogedor y transmitía éxito por los cuatro costados. Tad se sintió enormemente orgulloso de lo lejos que había llegado aquella chica porque, a pesar de que ella había dejado de hablarle de repente, él siempre le había tenido mucho aprecio.

–No me puedo creer que tengas una empresa de equipamientos deportivos –comentó CJ.

–No eres la única a la que le pasa eso. Debe de ser porque en la universidad estudié Derecho.

–Sí, pero tienes aspecto deportivo –bromeó CJ.

Tad no recordaba que fuera graciosa, pero eso debía de ser porque se sentía siempre incómoda con él. Sus amigos le tomaban el pelo por pasar parte de su tiempo con una gorda empollona, pero a él le caía bien.

–Aunque no lo creas, soy perfectamente capaz de mantener una conversación inteligente –sonrió.

A Tad no le cabía la menor duda de ello porque CJ era una de las personas más listas que conocía.

–Nunca me habían dicho que tenía aspecto deportivo.

–¿Cómo que no? En el colegio ya se te daban bien los deportes. ¿Por eso se te ocurrió montar la empresa?

–En la etapa de la universidad me dio por hacer todavía más deporte.

–¿Ah, sí?

–Sí, me aficioné a la bicicleta de montaña, al descenso de ríos y a la escalada.

–¿Sigues practicando todos esos deportes?

–Sí, la semana pasada estuve en Moab, Utah.

–Has cambiado mucho.

–Tú también, Cathy Jane.

–Ahora me llamo CJ, Tad. Hay días en los que me parece que no he cambiado tanto.

–Me alegro porque a mí siempre me gustó cómo eras.

–¿Ah, sí? ¿Por eso les dijiste a tus amigos que pasabas algún tiempo conmigo porque te había pagado para ello?

Tad no se acordaba de eso hasta que oyó aquellas palabras. Lo cierto era que, en aquel entonces, le había preocupado más la imagen que tuvieran sus amigos de él que herir los sentimientos de Cathy Jane.

Lo peor era que Tad no sabía que CJ había oído aquel comentario. Se sintió avergonzado. Ahora entendía por qué no le había vuelto a hablar después de la fiesta de graduación.

–Lo cierto es que entonces era joven y estúpido –se lamentó.

–Sí, yo también –contestó CJ.

–¿Eso quiere decir que ya no estás enamorada de mí? –le preguntó, maldiciéndose a sí mismo por no saber tener la boca cerrada.

CJ se echó hacia atrás sin saber qué contestar. En el colegio, lo tenía idolatrado y se pasaba

25

las horas escribiendo su nombre en los cuadernos y soñando con que era su novia.

Sin embargo, ahora, siendo una mujer madura, entendía cosas que en aquel entonces se le escapaban, como que las relaciones eran complejas y tenían que estar interesadas ambas personas para que pudieran salir adelante.

Aunque el comentario que le había oído hacer sobre ella a sus amigos le había dolido, había preferido oírlo porque quería saber lo que pensaba en realidad de ella.

Aquel comentario le había dado el valor necesario para lanzarse a una vida nueva.

Tad se echó hacia delante y la miró con intensidad.

CJ se estremeció.

Se puso en pie y se acercó al ventanal. ¿Cómo explicarle que, quizás, le había venido bien oír la verdad? ¿Cómo explicarle que, aunque sus comentarios le habían hecho daño, la habían ayudado a darse cuenta de que tenía que ser más fuerte?

Oyó que Tad se ponía en pie, pero no se giró hacia él.

—Perdona por decirlo así —se disculpó poniéndole la mano en el hombro.

CJ sintió que le daba vueltas la cabeza.

—Tenía la esperanza de que no lo mencionaras jamás.

—No debería haberlo hecho. No tenía derecho a hacerlo.

—Sí, supongo que derecho sí tienes —contestó

CJ–. Creí que eras de una manera y me equivoqué.

–¿Cómo creías que era? –quiso saber Tad.

–Creí que eras capaz de dejar mi aspecto físico a un lado y de ver lo que realmente había dentro de mí –contestó CJ.

Tad le tomó el rostro entre las manos haciéndola estremecer. Siempre le había pasado lo mismo. La primera vez que se lo había hecho, en el laboratorio de biología, había sentido pánico.

–¿Serviría de algo que te dijera que me arrepentí de pronunciar aquellas palabras en el mismo instante en el que salieron de mi boca?

–Sí, claro. Siempre se te dio bien dar coba –contestó CJ.

Tad se encogió de hombros y apartó la mano.

–Ojalá hubiera tenido la madurez suficiente para haberlo hecho bien.

–En cierto sentido tendría que darte las gracias porque por ti me fui de Auburndale y comencé la vida que tengo ahora.

–Al principio te fuiste al noroeste, ¿verdad? ¿Qué tal te fue por allí?

–No fue lo que yo esperaba –contestó CJ.

–Me gustaría que me contaras por qué.

–¿Ahora?

Lo cierto era que a CJ no le apetecía hablar de aquella época de su vida ni de Marcus Fielding.

–No, ahora tengo que volver al trabajo.

–Tad, me has desconcertado –admitió CJ.

–Ya me he dado cuenta y tengo la impresión de que no mucha gente tiene ese efecto sobre ti, ¿verdad?

–Efectivamente. Te aseguro que la próxima vez que nos veamos voy a ser dueña de mis actos.

O, por lo menos, iba a fingir serlo porque se conocía bien y sabía que Tad siempre iba a desconcertarla un poco.

No le pareció justo que el único hombre que tenía aquel efecto sobre ella fuera lo único que se interpusiera entre ella y el ascenso que anhelaba.

–Yo preferiría que no fuera así.

–Eso es lo que decís todos los hombres.

–¿De verdad?

–Sabes perfectamente que sí. A los hombres no os gustan las mujeres listas –bromeó CJ.

–Sólo a los hombres estúpidos no les gustan las mujeres listas –sonrió Tad.

–Nunca pensé que fueras estúpido, pero, tal vez, tenga que revisar mi opinión sobre ti.

–¿Por qué? –dijo Tad dando un paso hacia ella.

CJ pensó que no debería haber comenzado aquel juego, pero ya era demasiado tarde para echarse atrás.

–Estás hecho todo un deportista.

Tad se metió las manos en los bolsillos adoptando una postura de lo más masculina y sensual que tomó a CJ por sorpresa, pues el chico al que conocía jamás había utilizado aquellas armas en su presencia.

–Tengo una empresa de equipamientos deportivos, así que tener aspecto de deportista me va bien.

–Eso es exactamente lo que me temía.

Tad la miró con las cejas levantadas .

–Lo que te tengo que decir es un poco delicado...

–Ya sabes que conmigo puedes ir directamente al grano –contestó Tad dando otro paso hacia ella.

CJ dio un paso atrás, pero se encontró con su mesa y tuvo que pararse.

–Me temo que hayas tenido que sacrificar cierta materia gris para conseguir ese cuerpazo.

–¿Te parece que tengo un cuerpazo, Cathy Jane?

CJ se sonrojó al darse cuenta de que la respuesta era afirmativa.

–Por favor, no me llames así.

Tad le acarició la mejilla.

–¿Por qué no?

–Porque ya no soy aquella niña –contestó CJ.

–Ahora eres mucho mejor, Cathy Jane –murmuró Tad.

Dicho aquello, se giró y fue hacia la puerta.

CJ se puso la mano en el corazón, que le latía aceleradamente, y se dio cuenta de que iba a tener que evitar estar a solas con aquel hombre.

El sábado amaneció despejado y fresco y Tad decidió ir a correr por el lago Michigan.

CJ llevaba toda la semana evitando sus llamadas y, sinceramente, ya estaba harto. No quería agobiarla, pero estaba decidido a que le hiciera caso.

Mientras corría, se puso a analizar a Cathy Jane.

Tad no sabía que había oído lo que le había dicho a Bart aquel día. Nunca había sido su intención hacerle daño y, de hecho, la defendía constantemente, pero los chicos como Bart nunca llegaban a entender realmente a las mujeres.

Tad se dio cuenta de que él tampoco las entendía.

Kylie había querido un marido rico y él se había puesto a trabajar como un loco, pero entonces ella había salido con que no quería una relación en la que su pareja estuviera todo el día trabajando.

¿Qué tipo de pareja sería CJ? Había triunfado en su profesión, así que era obvio que no necesitaba un marido rico, pero, ¿querría compartir su vida con un hombre?

¿Querría CJ casarse con él? Ambos tenían casi treinta años y laboralmente les iba muy bien.

Había conseguido que accediera a cenar con él, pero poco más porque se había escabullido diciéndole a su secretaria que la disculpara ante él cada vez que llamaba.

A Tad le daba igual porque estaba acostumbrado a trabajar duro.

Corrió los diez kilómetros de costumbre, pero alteró su ruta de vuelta a casa y pasó por el edificio de CJ.

¿Qué pasaría si se presentara sin avisar?

Cuando se acercó a la entrada, vio a dos mujeres que cargaban un árbol de Navidad con dificultad. Le pareció que se trataba de CJ y de una mujer mayor. Sí, era su secretaria.

Tad desaceleró el paso para tomar aire y se acercó a ellas.

—Rae-Anne, ¿le importaría agarrar el árbol con más brío?

El árbol que transportaban era un abeto precioso muy parecido al que Tad había encargado para su casa. Lo cierto era que, aunque CJ había cambiado mucho, seguían teniendo muchas cosas en común.

—Lo estoy intentando —contestó la secretaria—. No tengo la fuerza que solía tener.

—Vamos a dejarlo en el suelo un minuto —propuso CJ inclinándose hacia delante y dejando el árbol sobre la nieve.

Al hacerlo, Tad obtuvo una maravillosa vista de su trasero y un instinto primitivo estuvo a punto de hacerle adelantar la mano para tocárselo, pero no lo hizo porque le pareció un gesto de mala educación.

CJ tenía unas nalgas firmes y duras.

Al sentir su mano, se irguió enfadada.

—¿Os ayudo? —se ofreció Tad.

—¿Qué haces tú aquí? —contestó CJ.

—Vivo muy cerca —le explicó Tad—. ¿Os ayudo?

–No, gracias, ya podemos nosotras.

–Insisto.

–Te he dicho que no –contestó CJ apartándole el brazo–. No necesitamos tu ayuda.

–Yo sí –intervino Rae-Anne con la respiración entrecortada–. Ya no soy joven y lo noto.

Tad miró a CJ.

Sabía perfectamente que no le gustaba ceder. De hecho, se preguntó si habrían seguido siendo amigos si no se hubiera dejado ganar en aquel combate de judo cuando tenían doce años.

–Ya lo tengo –dijo agarrando el árbol con una mano.

–Qué impresionante –se burló CJ–. ¿Normalmente, cuando haces esto, las chicas te silban o algo así?

–No lo sé –sonrió Tad–. Eres la primera con la que lo hago.

–¿Seguro que vas a poder con él? Espero que no se te caiga.

A CJ siempre le había gustado tomarle el pelo. Ya de adolescentes le solía criticar porque, según ella, no sabía elegir a sus novias.

Se había olvidado de que ya entonces siempre le había parecido que había dos Cathy Janes diferentes. Por una parte, la que no sacaba la nariz de los libros en el colegio y, por la otra, la que lo hacía reír en casa.

Tad se preguntó qué haría si la besara. Tenía unos labios firmes y carnosos y se sentía más atraído por ella de lo que debería sentirse.

Su idea de casarse era muy sencilla, era meramente para ocupar un vacío que había en su vida.

–Puedo con un árbol, CJ –le aseguró.

–Claro que puede –intervino Rae-Anne–. Usted no es una mujer de mediana edad.

–Gracias por darse cuenta –contestó Tad sonriendo.

–No tiene por qué darlas. Yo sólo doy fe de un hecho.

–Muy bien, Rae-Anne. ¿No sabe que el machismo no es algo que se deba alabar?

–¿Machismo? –exclamó Tad.

Desde luego, si uno quería vérselas con CJ, tenía que tener el ego muy desarrollado porque no se parecía en nada a Kylie, que se pasaba el día adulándolo... hasta que se fue con otro, claro.

CJ lo miró con la cabeza ladeada y Tad no pudo evitar marcar abdominales y echar los hombros hacia atrás.

CJ lo estudió detenidamente y Tad tuvo que cambiar de postura para que no se diera cuenta de su erección.

–¿Te suena mejor sobredosis de testosterona? Sí, sí y sí. Iba a besar a aquella listilla.

–Yo prefiero llamarlo caballerosidad –contestó Tad.

–Siempre fuiste un cínico.

–Y tú, una bocazas.

–Entonces, ¿qué haces aquí?

Lo cierto era que nunca había podido olvidar

a Cathy Jane, a pesar de la cantidad de mujeres guapas e inteligentes con las que había salido.

—Supongo que soy masoquista.

—Sígueme. Vivo en el piso doce y tenemos que subir por el ascensor de servicio.

—A tus órdenes.

—Ya —dijo CJ subiendo las escaleras que daban al vestíbulo del edificio.

Rae-Anne y CJ le abrieron las puertas y en pocos minutos estaba en casa de CJ.

—¿Dónde quieres que te lo coloque?

—Ya lo hago yo.

—No creo que puedas.

—Rae-Anne me va a ayudar, ¿verdad?

Rae-Anne tenía un montón de carpetas con documentos en las manos y no parecía que lo que más le apeteciera fuera decorar un árbol de Navidad.

—¿Quiere que la ayude? ¿Seguro? Mi madre solía decir que muchos en la cocina no hacen sino estorbar.

Tad le guiñó un ojo presintiendo que había encontrado a una aliada en su decisión de conseguir a CJ.

Fue entonces cuando se dio cuenta de que sólo aceptaría una rendición total y completa por parte de la pelirroja.

Capítulo Tres

CJ quería que aquel día terminara.

Normalmente, los sábados eran su día favorito, pero en aquellos momentos quería que Rae-Anne se fuera a su casa y que Tad desapareciera en la nube del pasado para poder volver a controlar su vida.

De haber sido así, se habría preparado una buena taza de té y hubiera sacado su caja de bollitos de encima de la nevera, donde los guardaba para casos de emergencia.

Aquel día, desde luego, lo estaba siendo y necesitaba aquella dulce rendición que sólo le proporcionaba tomarse una caja entera de bizcochos rellenos de chocolate.

Había hablado con su secretaria la noche anterior para que le llevara los documentos que iban a necesitar el lunes y poderlos mirar tranquilamente para comenzar bien la semana.

Aquella mañana, Rae-Anne la había llamado para decirle que llegaría más tarde y CJ había decidido ir a buscar su árbol de Navidad.

Había sido una mala idea.

Tendría que haber ido al despacho porque

con Rae-Anne nada iba sobre ruedas, tal y como había ido con Marcia.

El caso de Tad era completamente diferente. Por cómo la miraba, era obvio que estaba interesado en algo más que en renovar su vieja amistad y aquello, sinceramente, la ponía nerviosa.

Se alegraba de que Rae-Anne estuviera allí porque no quería estar a solas con él.

–Voy a preparar café –anunció de repente.

Por alguna extraña razón, estar cerca de Tad hacía que se le trabara la lengua. Poco a poco, se iba convirtiendo en la Cathy Jane de antes, el hazmerreír del colegio de Auburndale.

–Ya me encargo yo –se ofreció su secretaria.

–No se lo tome a mal, Rae-Anne, pero su café no se puede beber.

Rae-Anne echó la cabeza hacia atrás y se rió.

–*Madonna*, esto de ser mujer me va a volver loca.

–¿Por qué lo dice? –preguntó Tad.

–No me creería –contestó la secretaria sacando una guirnalda de una caja.

CJ los dejó a solas en el salón y escapó a la cocina. No hacía mucho tiempo que se había prometido a sí misma que no iba a dejar jamás que un hombre la hiciera huir y allí estaba, escondiéndose.

Puso agua a hervir y preparó café. A continuación, sirvió unas galletas en una fuente de Navidad que su madre le había regalado un año antes de morir.

Una parte de CJ odiaba las Navidades. Marcus la había abandonado el día de Nochebuena de hacía cinco años y algo había cambiado en su interior cuando se había ido.

CJ había creído que se iban a casar y ya había hecho planes en los que se veía teniendo una pequeña agencia de publicidad con él y trabajando juntos, pero Marcus había buscado otra cosa en la mujer que quería convertir en su esposa.

La había utilizado para conseguir promocionarse y, cuando lo había conseguido, la dejó para irse con la mujer adecuada, una mujer que no trabajaba y para la que su maridito era lo primero.

Su padre las había abandonado justo después del Día de Acción de Gracias cuando ella tenía once años y se había fugado con una animadora de dieciocho.

Para colmo, a su madre le habían diagnosticado un cáncer dos días después de Navidad cuando CJ tenía diecinueve años.

Por todo aquello, la Navidad siempre se le había antojado una época de tristeza.

—Rae-Anne me ha dicho que viniera a ayudarte —anunció Tad entrando en la cocina.

CJ decidió que tenía que hablar con su secretaria. Aquella mujer era demasiado marimandona.

—Puedo hacerme cargo del café y de una fuente de galletas —contestó CJ dando un paso atrás.

–¿Tengo algún tipo de enfermedad contagiosa o qué?

–No, ¿por qué? –dijo CJ sonrojándose.

–Porque no dejas de apartarte de mí. ¿Qué te pasa, Cathy Jane?

CJ se obligó a sí misma a dar otro paso atrás cuando Tad se acercó. No era que le diera miedo él sino ella misma. Ningún hombre, ni siquiera Marcus, con quien había contemplado la posibilidad de casarse, le había puesto el vello de punta ni le había acelerado el pulso como Tad.

–Nada.

Tad le acarició el rostro y la observó despacio mientras ella intentaba poner cara de póquer para que no notara lo que le estaba haciendo sentir.

–Te conozco perfectamente.

CJ se estremeció y Tad apartó la mano y se giró hacia la fuente de galletas.

CJ rezó para que aquello no fuera cierto, para que no la conociera perfectamente y no se diera cuenta de que sus instintos femeninos eran más fuertes que su control y de que, en aquellos momentos, lo que más le apetecía en el mundo era decirle a su secretaria que se fuera y rogar a Tad que la volviera a tocar.

–No, ya no me conoces –contestó aprovechando la ventaja de que Tad era ahora un desconocido.

–El otro día en tu oficina no estabas así.

–Bueno, eso fue porque estábamos en el trabajo. Entonces, eras un cliente y no un hombre con pantalones de correr ajustados que va por ahí levantando cosas pesadas con una mano.

–¿Te he impresionado? –preguntó Tad girándose hacia ella y torturándola entre un armario y su cuerpo.

CJ levantó la cara para mirarlo a los ojos y deseó no haberlo hecho porque en ellos vio el mismo calor que ya sentía ella por él.

Se mojó los labios con nerviosismo y Tad siguió atentamente el movimiento de su lengua. A continuación, se inclinó sobre ella lentamente.

–¿Me quieres besar? –le preguntó CJ.

–Por supuesto.

CJ se dio cuenta de que lo que más ansiaba en el mundo era que aquel hombre se fijara en ella como mujer. Le daba igual que aquello pudiera resultar peligroso. Sin embargo, todavía no había perdido completamente la cabeza.

–No quiero que me utilices para subirte la moral –le advirtió.

–Cathy Jane, te aseguro que esto no tiene nada que ver con mi moral –contestó Tad agarrándola de las caderas y atrayéndola hacia su cuerpo.

–Tad, estaba pensando que no creo que...

–No pienses en nada –le ordenó Tad inclinándose sobre ella.

CJ le puso las manos en los hombros y, en lugar de hacer lo correcto y apartarlo, lo agarró con fuerza, se puso de puntillas y lo besó con pasión.

«¡Dios mío, Tad Randolph me está besando!»

Tad jamás hubiera pensado que besar a CJ iba a resultar tan dulce.

CJ se mostró tímida y dubitativa, pero él la convenció para que abriera la boca y lo dejara explorar sus secretos.

Sí, eso era lo que había estado buscando.

Aquella mujer que en el trabajo era una amazona moderna se mostraba tímida y dulce como la chica que él recordaba.

Tad la abrazó con fuerza y la besó en las mejillas y en los párpados.

La miró a los ojos, que aquel día habían recuperado su tonalidad castaña porque no llevaba las lentillas azules que le había visto en la oficina.

CJ lo miró dubitativa y Tad sintió deseos de prometerle que no le iba a hacer daño, que lo único que quería era mostrarle una pasión que podía ser el paraíso.

–Tranquila, CJ, déjame seguir adelante. Te prometo que te va a gustar.

–Prefiero que lo hagamos los dos.

–Eso suena a excusa.

–Lo es. Lo cierto es que lo es, pero no eres como yo esperaba, Tad, y no tengo ni idea de cómo enfrentarme a esta situación.

–Cathy Jane, me estás matando –dijo Tad besándola de nuevo.

40

No sabía si todo aquello estaba siendo una buena idea, pero tenía muy claro que no quería salir de aquella cocina habiéndole dado sólo un beso.

La besó con ardor, deslizó las manos sobre sus firmes pechos y le separó las piernas con el muslo haciéndola gemir.

Le echó la cabeza hacia atrás y la besó con tal fervor que estuvo seguro de que jamás se tocaría los labios sin pensar en él.

CJ volvió a gemir y se aferró a sus hombros. Tad siguió besándola hasta que consiguió que ella lo besara con la misma entrega.

Había algo retador en aquella mujer en la que Cathy Jane se había convertido. Había algo en su forma de mirar y de andar que dejaba muy claro a los hombres que no era una mujer fácil de conseguir, pero él estaba dispuesto a llegar hasta el final.

Deslizó las manos por su espalda hasta llegar a las curvas de las nalgas. Aquel trasero era tan firme como lo había imaginado y Tad sintió unas inmensas ganas de profundizar en sus caricias.

Los vaqueros se ajustaban a su piel de tal manera que no pudo evitar rendirse a la tentación de trazar con los dedos la costura central que discurría entre sus piernas.

CJ volvió a gemir y le acarició el cuello haciendo que Tad se excitara todavía más, que sintiera todas las terminaciones nerviosas de su cuerpo hipersensibilizadas.

Aquella mujer lo estaba volviendo loco, necesitaba más de ella y la única manera de conseguirlo era introduciendo las manos bajo su blusa.

Cuando lo hizo, CJ dejó escapar uno de esos suaves y dulces sonidos a los que Tad se estaba convirtiendo en adicto.

Le acarició la espalda mientras la besaba con fruición y se dio cuenta de que, si no paraba inmediatamente, no iba a poder controlarse.

Le dio varios besos por la cara y apartó las manos, pero la abrazó hasta que se le calmó el pulso. Todavía sentía la firme erección entre sus piernas, pero ya era lo suficientemente mayorcito como para saber que no se iba a morir.

Transcurridos unos minutos, dio un paso atrás. CJ se tocó los labios y lo miró como si no supiera lo que Tad esperaba de ella.

Tad se pasó la mano por el pelo y se preguntó cuándo aquel sencillo plan de casarse con CJ se había complicado tanto.

–Eh... le voy a llevar el café a Rae-Anne –comentó CJ.

Intentó pasar junto a él, pero Tad se lo impidió.

–Esto no ha terminado –le advirtió.

No sabía por qué CJ huía de él, pero era obvio que la vida había cambiado a aquella mujer mucho más de lo que él había imaginado.

CJ se cruzó de brazos y lo miró con desafío.

–Sí, claro que se ha terminado.

–¿Por qué? No me puedo creer que sea por aquel comentario que hice en el colegio.

—No, no es por eso.

Tad se quedó esperando, pero CJ no se explicó. Al final, suspiró y miró al suelo antes de hablar.

—Nunca tengo relaciones.

—¿Por qué no?

—Porque la vida es más fácil así.

Tad sabía que la vida iba a ser un infierno para él hasta que consiguiera tener a aquella mujer en su cama, gritando bajo su cuerpo.

—No pienso irme.

—Lo harás.

Aquella seguridad hizo que Tad se quedara perplejo pues, al fin y al cabo, había sido ella la que lo había abandonado hacía años.

—Yo no estaría tan segura, CJ. Tengo planes para ti.

—Planes laborales, ya lo sé.

—Me voy a casar contigo —declaró Tad sorprendiéndose a sí mismo.

A pesar de haberlo dicho sin pensar, aquellas palabras se le antojaron adecuadas porque CJ era la mujer adecuada para él, la mujer que había estado buscando inconscientemente toda su vida.

Quería que fuera su esposa y la madre de sus hijos, la quería en su cama y aquello no tenía nada que ver con el hecho de que sus padres quisieran tener nietos.

—¿Qué?

Ya no había marcha atrás. Había dicho que se iba a casar con ella y tenía que seguir adelante.

43

Aquello era lo que sucedía cuando se dejaba llevar por sus instintos.

No debería haberse precipitado, pero el hecho de que CJ quisiera distanciarse emocionalmente de él no le había gustado.

–Ya me has oído. He analizado los hechos y creo que nuestro matrimonio sería un éxito.

Y lo creía de verdad, pues había intentado amar a Kylie y había terminado frustrado y solo. Los buenos matrimonios, los que él había visto que funcionaban de verdad, estaban basados en gustos comunes, entornos similares y compatibilidad física.

CJ pensó que, tal vez, estaba en una realidad virtual como aquélla de *Star Trek: the Next Generation* cuando Tasha Yarr está viva y casada con un romulano.

Tad la estaba mirando con aquella mezcla de determinación e inteligencia que ella sabía que significaba que no se iba a echar atrás.

CJ estaba intentando asimilar la cadena de sensaciones que le habían producido sus besos porque había sido un sueño que había albergado muchas veces en el colegio.

La realidad había sido mucho mejor que todas sus fantasías.

Aquel beso había sido tan maravilloso que prefería no seguir pensando en él, así que decidió cambiar de tema y dedicarse a aquél que

Tad había puesto encima de la mesa y que era pura distracción: el matrimonio.

—¿Te has vuelto loco?

—No, lo he dicho en serio.

—No nos conocemos —replicó CJ.

Era cierto que había cosas de ella que no conocía y CJ lo prefería así porque había ciertos secretos que no iba a revelar a nadie y, menos, a un hombre.

—Claro que nos conocemos. Además, tenemos muchas cosas en común.

—¿Ah, sí? A ver, dime una.

—Somos de la misma ciudad.

—Eso no cuenta porque ya ni siquiera vivimos allí. Dime otra.

—Los dos hemos elegido el mismo árbol de Navidad.

—Tad, ¿te has dado un golpe en la cabeza recientemente? Uno no se casa con una persona porque a esa persona le gusten las mismas cosas que a ti.

—Piensa que nunca discutiríamos en Navidad.

—La vida no es siempre Navidad.

—Ya lo sé. Vivimos a sólo unas manzanas de distancia y trabajamos en la misma zona.

—Como miles de personas. Eso no quiere decir que estemos hechos el uno para el otro.

—Sí, pero esos miles de personas no te han besado.

—Tú tampoco lo habías hecho hasta hoy, así que eso no tiene nada que ver.

—¿Y qué te parece si te digo que nunca me he

olvidado de ti, Cathy Jane? –repuso Tad en voz baja.

–¿Lo dices en serio?

Cuando la llamaba Cathy Jane se sentía querida, no como una guerrera que tuviera que abrirse paso a codazos para hacerse un sitio en el mundo empresarial, sino como una mujer que hubiera encontrado un lugar especial para compartir con el hombre adecuado.

CJ lo miró a los ojos.

No le revelaron ninguna emoción y presintió que Tad estaba intentando decidir si fingir que estaba enamorado de ella a pesar del tiempo que había pasado la convencería de seguir adelante.

Se había pasado toda la vida escuchando mentiras de los hombres y ya no era fácil engañarla porque no creía nada de lo que le decían.

–Olvida mi pregunta –le dijo.

–No pienso olvidarla. Quiero que me digas que sí, CJ... Pero no eres capaz de admitir que no te has olvidado de mí. No te estoy pidiendo que me prometas amor eterno.

–Me alegro porque el amor es una cosa indefinible.

–El amor no es una cosa sino un sentimiento. ¿Tú tienes sentimientos?

–Claro que sí.

–Pero no por mí, ¿verdad?

Tad la miró agraviado y CJ se preguntó qué le habría ocurrido en las relaciones que había mantenido en el pasado. Algo en su forma de hablar le dijo que le estaba ocultando un detalle importante.

–Lo cierto es que no nos conocemos de verdad –murmuró pensativo.

–Eso es exactamente lo que yo te estaba diciendo hace un momento –comentó CJ.

El matrimonio era... algo que le daba miedo. No estaba segura de poder volver a arriesgar el corazón en busca de un final feliz porque, siempre que lo había hecho, le había salido mal.

–Precisamente por eso nuestro matrimonio funcionaría.

–¿Cómo lo sabes? ¿Lo has intentado antes y no te salió bien?

–No, nunca he estado casado.

No, pero debía de haber estado cerca. CJ se moría por saber más acerca de sus pasadas relaciones, pero no quería que se notara que le interesaba.

–Entonces, ¿cómo puedes estar tan seguro?

–He visto de cerca cómo un amigo mío quedaba destrozado en nombre del amor.

Por su forma de hablar, CJ presintió que Tad era capaz de experimentar emociones profundas. Durante unos segundos, le dio rabia que no fuera ella quien le inspirara aquellas emociones, pero se había mirado en el espejo y conocía sus limitaciones.

Era una chica normal y corriente, no una chica especial como la que todos los hombres buscaban y sería mejor que no lo olvidara.

–No tengo ninguna intención de casarme jamás –concluyó.

Era cierto. Había tomado aquella decisión porque sabía que ningún hombre podía darle todo lo que ella esperaba de él.

–Cathy Jane, olvida tus sueños de encontrar a un príncipe azul. Podríamos tener una vida buena y cómoda juntos.

«¡Qué bonito!», pensó indignada.

¿Por quién la tomaba? ¿Por un par de zapatillas de andar por casa? Obviamente, CJ no se tenía por una diosa del sexo, pero eso no significaba que le gustara oír que tener una relación con ella podía ser cómodo.

–No, gracias.

–¿No a qué? –le preguntó Tad mientras CJ tomaba las servilletas y los platos de papel.

–No a casarme contigo –contestó con voz entrecortada.

–Todavía no te lo he pedido.

Asombrada, se volvió hacia él.

Tad la miró con tanta calma que a CJ le dieron ganas de gritar.

–Me pones de los nervios.

Tad sonrió para aligerar el ambiente, pero no lo consiguió porque, para CJ, el matrimonio era algo muy serio que sólo se había planteado dos veces en su vida.

La primera había sido a los dieciocho años con Tad, pura fantasía, y la segunda a los veintitrés con Marcus, espantosa realidad.

Ahora, Tad estaba ante ella pidiéndole que se

casara con él y ella se moría por decir que sí, pero no podía hacerlo y no lo iba a hacer.

—Lo mismo digo.

CJ agarró la fuente de las galletas y volvió al salón. Al llegar, le pareció que Rae-Anne estaba triste.

—¿Está bien?

—Sí —contestó su secretaria sin demasiada convicción.

CJ dejó la fuente de las galletas sobre la mesa y Tad llegó con el café. Los tres tomaron asiento y CJ sirvió el café y se relajó contra los cojines del sofá.

Tad no dejaba de mirarla.

A CJ le dio la impresión de que quería seguir hablando del tema del matrimonio que se había iniciado en la cocina, pero no iba a ser así porque no pensaba volverse a arriesgar a quedarse a solas con él jamás y no era un tema como para hablar delante de otros.

—¿De qué estaban hablando? —preguntó Rae-Anne.

—De nuestra boda —contestó Tad probando una galleta.

—No sabía que fueran ustedes tan en serio. ¿Cuándo tendrá lugar el acontecimiento?

—Cuando el infierno se congele —contestó CJ.

Capítulo Cuatro

Tad echó la cabeza hacia atrás y se rió.

A pesar del acogedor salón de CJ, con árbol de Navidad incluido, una parte de él se preguntó si iba a merecer la pena luchar tanto por aquella mujer.

Ya había perdido en el amor, aunque no le hubiera querido contar los detalles a CJ. Perder a Kylie lo había cambiado, le había hecho darse cuenta de que, a veces, una pérdida podía resultar profundamente dolorosa.

CJ se levantó, fue hacia la cadena de música y puso un CD de villancicos.

Tad se moría por verla en su cama.

—Hoy hace tanto frío que yo creo que se podría congelar el infierno —comentó.

—No estoy de broma —contestó CJ probando el café.

Tad la miró y vio vulnerabilidad en sus ojos. Entonces, se dio cuenta de que a ella no le gustaría saber que le había revelado tanto con una mirada y disimuló.

Aquella mujer era mucho más compleja de lo que él había esperado. Lo cierto era que siempre había sido complicada, pero él no había sido lo suficientemente maduro como para valorarla.

—Me gustan los desafíos —le advirtió mirándola a los ojos.

—¿Se trata de eso? ¿De un juego? —le preguntó CJ.

No, era mucho más profundo, mucho más de lo que Tad quería reconocerse a sí mismo. No sabía por qué, pero CJ se había convertido en alguien importante en su futuro.

La CJ a la que había besado en la cocina se había evaporado y en su lugar había aparecido la amazona moderna que había visto en la presentación. Hasta la vulnerabilidad que había visto hacía pocos segundos había desaparecido.

¿Le importaría mucho ser Catherine Jane de nuevo, por favor?

—¿Te casarías conmigo si lo fuera?

—No, el matrimonio es un vínculo sagrado —contestó CJ.

—No para todo el mundo —apuntó Tad.

Desde luego, no lo había sido para Kylie. Para ella, había sido una transacción de negocios y, cuanto más dinero pusiera sobre la mesa el candidato a marido, muchas más posibilidades de ganar tenía.

Lo malo había sido que por aquel entonces no se había dado cuenta y que ni siquiera había escuchado a Pierce cuando le había advertido que su novia estaba con él única y exclusivamente por su cuenta bancaria.

Pierce era su socio y su mejor amigo, un hom-

51

bre al que su esposa había abandonado tras quedarse parapléjico y que había sufrido inconmensurablemente en nombre del amor.

–Para las mujeres lo es –insistió CJ–, ¿verdad, Rae-Anne?

–No soy la persona más indicada para contestar a esa pregunta –contestó Rae-Anne mirando atentamente su café.

–¿Está usted divorciada? –le preguntó CJ.

–No, nunca tuve tiempo para casarme.

–¿Es usted homosexual? –preguntó Tad.

–No, simplemente no encontré el momento.

–¿Y se arrepiente?

–Últimamente, sí, pero mi trabajo era lo más importante en mi vida.

–Desde luego, para mí lo es y no pienso dejarlo por un hombre –dijo CJ poniéndose en pie y yendo hacia la ventana que daba al lago Michigan.

Tad dejó el café sobre la mesa y fue tras ella, la agarró de los hombros y la apretó contra sí.

–Yo no soy cualquier hombre.

–No, eso es cierto.

–Entonces, ¿cuál es el problema?

–No hay ningún problema, pero no me quiero casar.

–¿Por qué no se casa con Tad? –intervino Rae-Anne

–Porque es como un grano en el trasero.

–Tal vez, lo que ocurre es que él tiene muy claro lo que quiere.

–Gracias, Rae-Anne –dijo Tad, satisfecho de tener a la secretaria de su parte.

–¿Por qué se pone usted de su lado?

–Porque no quiero verla terminar como yo.

–¿Es un pecado?

–Para algunos, sí.

En aquel momento, sonó el teléfono móvil de Rae-Anne, que mantuvo una tensa conversación antes de colgar.

–Me tengo que ir –anunció–. ¿Necesita algo más de mí?

–No, gracias por traerme los documentos y por ayudarme con el árbol. Nos vemos mañana por la tarde en la fiesta de la oficina.

Cuando la secretaria se hubo ido, se hizo un incómodo silencio entre Tad y CJ.

–¿Qué tienes en contra del matrimonio? –preguntó Tad.

–No estoy dispuesta a dejarlo todo por un hombre –contestó CJ.

–Eso suena a amargura.

CJ se encogió de hombros.

–No soy una persona amargada sino realista.

–Antes, en la cocina, me has preguntado por el amor y yo creo que una persona que cree en el amor no puede estar por completo en contra del matrimonio –apuntó Tad sentándose a su lado.

CJ se puso en pie y comenzó a recoger la mesa.

–¿No me vas a contestar?

CJ lo miró y Tad se dio cuenta de que la estaba agobiando con su impaciencia.

–Quiero encontrar a alguien que me quiera tal y como soy, no por la imagen que represento.

–Cathy Jane, tú siempre has sido especial.

–No digas esas cosas cuando no las sientes de verdad.

Lo cierto era que Tad sí lo sentía así, pero convencer a CJ de ello iba a ser muy difícil.

–Cena conmigo esta noche para que te pueda demostrar que soy el único hombre con el que quieres estar.

–No –contestó CJ intentando no pensar en lo mucho que le apetecería convertirse en la señora de Tad Randolph.

–Déjame que te ayude –dijo Tad intentando tomar la bandeja de sus manos.

–No, gracias.

Tad le bloqueó el paso hacia la cocina.

CJ deseó seguir siendo la bola de grasa que había sido cuando tenían doce años porque, así, habría podido apartarlo, pero ahora Tad era más fuerte que ella.

–No me pienso ir hasta que hayas accedido a cenar conmigo –le advirtió acariciándole la mejilla y el pelo–. ¿Por qué te lo has teñido? –preguntó mientras CJ se estremecía–. Hueles de maravilla –añadió inclinándose sobre ella.

CJ temblaba tanto que Tad tuvo que agarrar la bandeja y dejarla en la mesa de nuevo.

–Contéstame.

–¿A qué? –dijo CJ.

Lo que le hubiera apetecido hacer habría sido tomarlo de la mano y llevárselo a su habitación para hacer con él unas cuantas posturas de yoga.

—¿Por qué te has teñido el pelo?

—Para romper con el pasado —contestó CJ encogiéndose de hombros.

—¿Tan malo te parecía?

Lo tenía demasiado cerca.

—No, pero no iba bien con la nueva CJ.

—Me gusta cómo eres ahora —dijo Tad besándola con dulzura—, pero también me gustaba Cathy Jane.

Aquel breve beso no le pareció suficiente, así que CJ le tomó la cara entre las manos y lo besó más profundamente.

Tad no se movió, la dejó hacer, dejó que fuera ella quien llevara las riendas.

CJ se apartó de repente. ¿Cuándo iba a aprender?

Tad se cruzó de brazos y se quedó mirándola.

CJ no sabía qué hacer.

—Hace mucho tiempo que…

—Yo también.

Lo deseaba con todo su cuerpo, pero no podía ser.

—No pienso irme a la cama contigo, Tad.

—¿Ni siquiera si te prometo que no vamos a dormir?

CJ no pudo evitar sonreír.

—Déjalo estar, Tad, por favor.

–No puedo. Vas a casarte conmigo y ya sabes que yo nunca bromeo con las cosas serias.

–Para –le ordenó apartándose de él.

Aquel hombre era un mentiroso. Con doce años le había prometido protegerla siempre y, luego, la había traicionado.

–No me conoces.

–Precisamente por eso, no pienso irme hasta haberlo conseguido.

–¿Por qué?

–Porque sé que, si no aclaramos las cosas ahora mismo, no vas a querer volver a verme.

–¿Sólo quieres que aclaremos las cosas?

–Claro que no. Además, quiero meterme en la cama contigo y derribar todas las barreras que has puesto entre nosotros.

–Tad, vete.

–¿Por qué?

–Porque no soy la chica que tú quieres.

–Sí, sí lo eres.

–¿Porque me gusta el mismo árbol de Navidad que a ti?

–No, porque eres guapa y sensual y porque llevo soñando contigo desde la última vez que nos vimos.

CJ agarró la bandeja y salió del salón. Cuando Tad le decía cosas así, le costaba pensar con claridad. Cuando le hacía creer que «y fueron felices y comieron perdices» era una posibilidad, olvidaba lo que Marcus, su antiguo novio y jefe, le había enseñado.

Sin embargo, CJ sabía que no podía ser.

–Tad, no soy la mujer de tus sueños. De hecho, no soy la mujer de los sueños de ningún hombre.

Tad siguió a CJ a la cocina.

–¿Sigues aquí? –le preguntó ella al verlo entrar.

–Sí, y no me pienso ir hasta que no dejemos claras unas cuantas cosas.

–¿Qué cosas?

–Para empezar, no soy como los demás hombres a los que has conocido, para seguir, no tienes ni idea de cómo es la mujer de mis sueños y, para terminar, has prometido cenar conmigo.

–Hoy, no –contestó CJ.

Al ver miedo en sus ojos, Tad deseó encontrar al canalla que le había hecho tanto daño y partirle la cara. Como no podía hacerlo, se acercó a ella y la envolvió entre sus brazos.

–Tenemos que hablar –le dijo abrazándola con fuerza.

CJ tomó aire.

Tad se dio cuenta de que aquello no iba a ser fácil, pero tenía que intentarlo.

–Cathy Jane, ¿qué te pasa?

–Nada.

–Las mujeres siempre decís que es muy difícil comunicarse con los hombres, pero tú eres imposible.

–Cuando hablas así, me recuerdas a tu padre.

–Lo cierto es que me siento como él cuando mi madre pasaba de él.

–Yo no paso de ti.

–¿Entonces?

–Sólo quiero que te vayas de mi casa.

–Es lo mismo.

Tad se dio cuenta de que aquella mujer le había llegado siempre muy hondo y esperaba que fuera mutuo porque quería casarse con ella y pasar el resto de su vida a su lado.

–No estamos casados –susurró CJ.

Tad sabía por qué lo decía. A él también le hubiera gustado tumbarla en el suelo sobre una manta y hacerle el amor durante todo el día.

–A mí me gustaría casarme contigo –contestó Tad.

–Me estás volviendo loca. Por favor, no me vuelvas a hablar de matrimonio.

–Dame una buena razón para no hacerlo.

–No nos conocemos.

Tad le dio un cariñoso beso en los labios.

–Eso tiene fácil solución –contestó Tad tomándola en brazos y volviendo al salón.

Una vez allí, se sentó en una butaca con ella en el regazo.

–Así estamos mucho mejor –le dijo dándole un tierno beso en la frente.

Aquella mujer le inspiraba una ternura que no sabía de dónde había salido. Había ido a su casa con el firme propósito de convencerla para que se casara con él aunque tuviera que recurrir a acostarse con ella para conseguirlo, pero no había contado con aquel sentimiento de protección que le inspiraba.

–¿Qué te ha pasado antes? –quiso saber Tad–. Nunca había visto a una mujer reaccionar así ante una sencilla proposición de matrimonio y un beso.

–Nada es sencillo contigo, Tad.

–Porque tú lo estás haciendo más complicado de lo que es. ¿Qué fue de la chica de Auburndale?

–Que creció.

–Crecer no quiere decir que haya que poner barreras.

–Para mí, sí.

–Cuéntame qué te pasa, CJ.

–Me pasa que me he olvidado de una cosa que jamás debería haber olvidado.

–¿De qué se trata?

CJ se mordió el labio inferior y desvió la mirada.

–No hace falta que me lo cuentes ahora mismo.

–Tad, esto no va a salir bien. Voy a llamar a Butch para pedirle que se haga cargo de tu empresa un compañero.

–No digas tonterías. Te he dicho que me voy a casar contigo y lo voy a hacer.

–No me pienso casar con un hombre que no cumpla con los requisitos a la perfección.

–¿Cuáles son esos requisitos?

–No se trata de cosas que se puedan comprar.

–¿Qué es?

–Es algo que sentiré en lo más profundo de mi ser cuando sepa que he encontrado al hombre de mi vida.

–¿Amor?

–Puede. Lo sabré cuando ocurra –contestó CJ poniéndose en pie y abriéndole la puerta para que se fuera.

Tad se levantó a regañadientes.

–Te vengo a buscar a las seis para ir a cenar.

–¿De verdad tenemos que pasar por esto?

–Sí, por supuesto que sí. Estoy decidido a demostrarte que le damos demasiada importancia al amor –contestó Tad antes de darle un ardiente beso y de marcharse.

Capítulo Cinco

La Navidad nunca había sido la época favorita de CJ, sobre todo porque su madre se había esforzado para intentar que fueran una familia perfecta durante aquellas fechas y eso no había hecho sino marcar más profundamente la ausencia de su padre.

Tad había mandado un coche y una docena de rosas blancas a las seis y CJ se encontraba en ese momento decidiéndose entre entrar en la limusina o no.

Lo cierto era que Tad le daba miedo.

Maldición, debería ser capaz de disfrutar de la atracción con el sexo opuesto en lugar de darle miedo, pero el miedo era parte indiscutible de aquella situación.

Por eso, decidió volver a casa.

No estaba dispuesta a volver a pasar lo que había pasado con Marcus, que había estado a punto de destruirla.

Si enfrentarse a Tad significaba no obtener el ascenso en el trabajo, qué se le iba a hacer. Era más importante no perder la cabeza.

Su casa se le antojó un santuario de salvación. CJ se puso unos vaqueros y una sudadera y encendió la chimenea.

A continuación, puso villancicos e intentó calmarse, pero no lo consiguió ni siquiera con una taza de té de manzana y canela.

Sin pensarlo dos veces, se subió a una silla y abrió el armario que había encima de la nevera. Allí estaba, tal y como la había dejado, la última caja de bollitos que había comprado.

Ni siquiera sabía por qué le gustaban, ya que no tenían ningún aporte nutritivo y tampoco era que supieran muy bien.

Fue hacia el salón con la caja de bollos, una botella de Bailey's y una copita.

Menos mal que su madre no estaba viva para ver a su hija sola y muerta de miedo con veintiocho años, reducida a pasar las noches con una botella de licor y unos bollitos de niño pequeño.

Mientras escuchaba a Mozart, fue pensando en su trabajo, su pasado, Tad, su familia y en sí misma, que no era más que una chica que no sabía quién era ni lo que quería.

Tras cuarenta y cinco minutos de psicoanálisis, se dio cuenta de que estaba esperando algo, de que estaba esperando... a alguien.

Abrió la caja de bizcochos, pero se dijo que no debía volver a la talla 44 por un hombre.

Lo malo era que Tad no era un hombre cualquiera. Si lo hubiera sido, CJ no habría tenido ningún problema en subirse a la limusina para ir a cenar con él.

No tenía ningún problema en quedar con un hombre que no le atraía. Lo malo era que Tad había tocado una cuerda sensible en su interior que la hacía estremecerse de deseo.

Se fue a la cocina y se puso a hacer un pastel.

Dos horas más tarde, cuando estaba terminando el famoso pastel de piña y queso de su abuela, llamaron a la puerta.

CJ dudó.

Tras mirar a ver qué tal iban las galletas de jengibre que tenía en el horno, anduvo lentamente hacia la puerta.

Estaba dispuesta a apostar una fuerte suma de dinero a que era Tad. Sin embargo, cuando abrió la puerta, se encontró con que era un mensajero.

–No he pedido nada –le dijo.

–Es un regalo.

El hombre le entregó un paquete con comida y una nota y se fue.

CJ llevó las bolsas a la cocina y las abrió. Dentro había pato al estilo pekinés y arroz frito.

La nota, escrita por Tad, decía:

Ya que no quieres cenar conmigo, por lo menos deja que te invite a cenar.

CJ se estremeció, se sintió como una gran cobarde y se dio cuenta de que le había hecho daño, pero no había tenido opción.

No podía arriesgarse a perderse a sí misma de nuevo con el único hombre al que no había sido capaz de olvidar.

Tad estuvo un buen rato haciendo pesas en el gimnasio que tenía montado en casa. Sólo así consiguió acabar con la furia que se había apoderado de él.

Sabía que estaba yendo demasiado rápido para CJ, pero era porque se moría por estar con ella.

En cualquier caso, las mujeres lo confundían.

Nunca había entendido a Kylie hasta que lo había dejado, no entendía por qué su madre estaba tan obsesionada con tener nietos y, sobre todo, no entendía por qué Cathy Jane Terrence, que lucía trajes de ejecutiva, parecía salida de una revista y se hacía llamar CJ, tenía miedo de cenar con él.

Sonó el teléfono, pero lo ignoró.

Decidió ir a la cocina a beber agua y desde allí escuchó su propia voz en el contestador indicando a la persona que llamaba que dejara un mensaje. A continuación, escuchó la voz de CJ suave y dubitativa.

No iba a escuchar su mensaje. En cuanto hubiera terminado de hablar, entraría en su despacho y lo borraría sin más.

Tad Randolph no era un hombre con el que aquella mujer pudiera jugar a su antojo.

Sin embargo, se encontró entrando en su despacho justo en el momento en el que CJ le estaba diciendo que lo sentía.

Lo sentía y parecía que estaba al borde de las lágrimas.

Sin pensarlo dos veces, Tad descolgó el auricular.

—¿CJ?

CJ tomó aire sobresaltada.

—Ah, estás en casa.

No sabía qué decirle a aquella mujer con la que se quería casar, pero a la que no quería querer, aquella mujer que había interpuesto tantas barreras entre ellos, pero que era la única a la que él deseaba.

—Estaba haciendo pesas.

—Sólo quería darte las gracias por la cena, ha sido un bonito detalle por tu parte.

Tad se dio cuenta de que podía mostrarse enfadado con ella y acabar así con toda posible relación o dejar que el enfado se esfumara e intentar entender por qué CJ siempre huía.

—De nada.

—Tenemos que hablar —dijo CJ tras un largo silencio.

—Si tú lo dices —contestó Tad.

—¿Me vas a escuchar o estás enfadado?

—CJ, he estado más de una hora esperándote solo en una mesa que tenía reservada para dos personas en un restaurante muy caro.

—Perdona.

—¿Por qué accediste a cenar conmigo si no ibas a venir?

—Vas demasiado rápido.

—Supongo que tienes razón, pero quiero que sepas que jamás te obligaría a hacer nada que tú no quisieras.

—Ya lo sé.

—¿Te doy miedo?

—No lo sé.

—Ya no soy el de antes —le recordó Tad.

—Yo tampoco soy la de antes.

—Ya lo sé, pero lo que no sé es qué puedo hacer para demostrarte que no soy un monstruo.

—Nunca he creído que lo fueras.

—Entonces, ¿qué te pasa?

—Que nunca se me ha dado muy bien enfrentarme al deseo —contestó CJ con voz trémula.

—No te entiendo.

—Te deseo.

Tad sintió que se le endurecía la entrepierna y se le aceleraba el pulso.

—Yo también te deseo, así que no veo dónde está el problema.

—Te quieres casar conmigo.

—Me temo que no te sigo.

—Nunca he sido capaz de mantener una relación seria y tener mi vida al mismo tiempo.

—No es mi intención acaparar tu vida privada.

—Aunque no lo sea, acabaría ocurriendo.

—¿Por qué piensas eso? No es mi intención decirte lo que tienes que hacer con tu vida —dijo Tad sinceramente.

Había aprendido hacía mucho tiempo que las mujeres necesitaban su propio espacio y él lo único que quería era compartir con alguien el éxito que había conseguido.

—¿Qué quieres de mí?

—El futuro, nuestro futuro, quiero vivir contigo y construir un futuro en común.

–Parece fácil.

–Lo es. Confía en mí.

Confiar en él.

Había una parte de CJ que quería dejarse llevar y hacer lo que Tad le pedía. Siempre le habían gustado los hombres con carácter porque la vida con ellos era mucho más fácil, pero precisamente por eso no se fiaba de sí misma.

Tad era un hombre estupendo, pero le había hecho olvidar la mujer en la que ella se había convertido.

–No es tan sencillo –dijo paseándose por la cocina.

–Claro que lo es –insistió Tad con determinación.

–Tad...

–Vas a ceder, sé que lo vas a hacer.

CJ sonrió.

–¿Qué quieres de mí?

–Ya te lo he dicho, me quiero casar contigo –contestó Tad.

Cuando había contestado al teléfono, estaba enfadado, pero ya estaba mucho más relajado y CJ se alegraba, aunque se sentía culpable por haberlo dejado plantado en el restaurante.

–No pienso cambiar de opinión –le aseguró.

–Eso déjalo de mi cuenta.

–¿Estás seguro de que lo quieres intentar?

Marcus la había dejado destrozada y no estaba segura de querer arriesgar el corazón de nuevo porque temía volver a quedarse sola.

En aquella ocasión, había tenido que dejar el trabajo y cambiarse a otra empresa desde la que había empezado desde abajo.

No quería tener que volver a hacerlo y, además, quería a Tad mucho más de lo que jamás había querido a Marcus.

Cuando Marcus le había hablado de matrimonio, lo había hecho como quien habla de una transacción empresarial, pero Tad lo decía de una manera completamente diferente.

Tal vez por eso, precisamente, CJ intentaba mantener las distancias.

—Por supuesto que sí —contestó Tad—. Las cosas que más cuesta conseguir son las mejores, ¿no estás de acuerdo?

Lo único que CJ tenía en la vida era su trabajo y su casa, una casa en la que se sentía a salvo y que le había costado mucho esfuerzo pagar.

—Te advierto que puedo llegar a ser realmente cabezota.

—Ya lo sé y creo que podré con ello.

—¿Cómo?

—Besándote, cariño, en mis brazos eres como la arcilla.

CJ se dio cuenta de que, si no se hubieran besado, sería muy fácil acabar con aquello, pero el poderoso deseo que se había establecido entre ellos era lo que le faltaba a su vida.

Lo necesitaba aunque le daba miedo.

Lo cierto era que no importaba la conexión emocional o el vínculo físico, pero tenía que ser lo uno o lo otro, no las dos cosas a la vez.

–Sí, tienes razón.

¿Cómo se había dado cuenta? CJ supuso que, tras haberlo dejado plantado y haberle confesado a continuación que lo deseaba, Tad habría sospechado que tenía problemas a la hora de salir con hombres.

Lo cierto era que tenía un gran problema con aquello, más bien una fobia, pero no estaba segura de querer explorarla con Tad.

No quería mentirle, así que prefirió cambiar de tema.

–¿Vas a estar mañana en tu despacho?

–Te advierto que te lo voy a volver a pedir.

CJ no contestó.

–Sí, mañana voy a estar en mi despacho –suspiró Tad–. ¿Por qué?

–Porque me gustaría mandarte unas cuantas galletas.

–¿Caseras?

–Sí, llevo toda la noche cocinando.

–¿Y te ha servido para aclarar las ideas?

–Me ha servido para darme cuenta de que no quiero volver a hacerte daño.

–No puedes hacerme daño.

Al oír aquellas palabras, CJ se sintió fatal.

–Ah.

–No ha sido mi intención decirlo en mal plan.

–No creo que eso se pueda decir en buen plan.

–Me refería a que no eres la única que ha sufrido –le explicó Tad con ternura.

A CJ no se le había ocurrido.

Estaba tan preocupada por protegerse que no había pensado que, probablemente, Tad estuviera haciendo lo mismo. Tal vez, por eso le había pedido que se casara con él sin quererla.

–¿Estás seguro de que quieres seguir adelante?

–¿A qué te refieres?

–A nuestra relación.

–Estoy seguro de que quiero estar contigo, CJ. El resto vendrá solo.

Cuando Tad colgó el teléfono, CJ se apoyó en la encimera esperanzada porque, tal vez, aquella relación fuera diferente a las demás.

Capítulo Seis

—Un momento —dijo CJ al entrar en el edificio donde trabajaba, a la mañana siguiente, para que la esperaran para entrar en el ascensor.

Había estado toda la noche soñando que hacía el amor con Tad en la cocina de su casa rodeada de galletas de jengibre y eso había hecho que se levantara tarde y que tuviera que correr para llegar a su hora al trabajo.

Había llamado a su secretaria varias veces, pero Rae-Anne no había contestado y CJ temía que aquella semana no fuera a ir bien.

Vio una gran mano masculina que bloqueaba las puertas del ascensor y entró. Cuando alzó la mirada para dar las gracias, se encontró con Tad.

—Buenos días, CJ.

—Todavía no sé si van a ser buenos —contestó ella.

Verlo parecía una extensión de sus sueños y lo que más le apetecía era acercarse a él y confirmar si lo que había soñado era cierto, pero estaban en el trabajo y no podía ser.

—A ver qué puedo hacer para remediarlo —dijo Tad tomándola entre sus brazos y besándola.

71

CJ se dio cuenta de que aquello era lo que le faltaba en la vida desde hacía mucho tiempo y se negó a pensar en ello porque había decidido en el taxi que la había llevado al trabajo que estaba dispuesta a aceptar lo que Tad tuviera que ofrecerle físicamente.

Como si le hubiera leído el pensamiento, Tad la puso contra la pared del ascensor y comenzó a besarla con pasión.

CJ respondió a sus besos con el mismo ardor. Pronto se encontró con un muslo de Tad entre las piernas y no dudó en frotarse contra él.

Sentía los pechos duros y erectos y deseó haber llevado falda en lugar de pantalones.

En aquel momento, el ascensor se paró.

Tad maldijo y se apartó de ella mientras CJ parpadeaba confusa sin saber dónde estaba.

—Dios mío, estoy en el trabajo —exclamó al cabo de unos segundos.

Tad recogió su bolso y su maletín del suelo y se los entregó mirándola con deseo.

—Me haces olvidar todo lo que he aprendido en estos últimos cinco años —declaró CJ.

—¿A qué te refieres?

—A que los hombres y el trabajo no se mezclan.

—¿Ya estamos con lo de siempre? No me lo creo, CJ.

—¿Quieres una ejecutiva publicitaria que se distraiga tan fácilmente?

—Tienes razón.

Sus palabras le cortaron como un cuchillo, pero no esperaba menos.

–Le diré a Butch que ponga a otra persona a cargo de tu cuenta.

–No quiero a otra persona, te quiero a ti porque eres la mejor –dijo Tad haciéndole una señal para que saliera del ascensor.

Por suerte, el vestíbulo estaba vacío y CJ aceleró el paso en dirección a su despacho. Sin embargo, cuando se dio cuenta de que Tad podía creer que estaba huyendo de él, frenó en seco porque estaba decidida a controlar la relación que había entre ellos.

Se detuvo en la cocina y se sirvió un descafeinado.

–¿Qué haces aquí?

–He venido por ti –contestó Tad con voz ronca.

CJ sintió deseos de cerrar la puerta, de olvidarse del mundo y de terminar lo que habían empezado en el ascensor. Estaba excitada y sentía los pezones duros, pero quería que cuando se acostara con Tad fuera algo largo y relajado.

–No me mires así porque me voy a volver loco y voy a mandar a paseo las negociaciones del contrato.

–¿La negociación del contrato?

–Para eso he venido.

Maldición.

CJ cerró los ojos e intentó concentrarse en el trabajo.

De repente, decidió que le daba igual que Tad pensara que era una cobarde, pero tenía que alejarse de él durante un rato.

—¿Adónde vas?

—Necesito estar a solas un momento antes de la reunión.

—¿Y eso?

—Me has puesto en un estado en el que no puedo pensar en el trabajo ahora mismo.

—Me alegro porque tú me has hecho exactamente lo mismo.

—Tad, te recuerdo que tenemos que trabajar juntos, así que vamos a concentrarnos en que ésa sea nuestra prioridad, ¿de acuerdo?

—Me parece bien, pero creía que anoche habíamos quedado en que teníamos que darnos una oportunidad.

—¿En qué has pensado?

—He quedado con Pierce esta tarde para nuestra competición anual de escalada. ¿Por qué no te pasas por allí y luego vamos a cenar?

CJ lo miró preguntándose si iba a tener valor para quedarse a solas con él de nuevo, pero deseándolo más de lo que había imaginado.

—Muy bien, pero, de momento, vamos a concentrarnos en el trabajo.

—De momento —contestó Tad avanzando por el pasillo hacia la sala de conferencias.

CJ lo vio alejarse y se dijo que tenía que decidir qué quería para poder controlarlo antes de que aquella situación la desbordara.

Tras la reunión, Tad volvió a su oficina y se preparó para la escalada con su amigo y socio.

La prensa ya estaba allí para cubrir el acontecimiento como todos los años, pero Tad no estaba muy seguro de que CJ fuera a aparecer.

–¿Estás listo? –le preguntó Pierce mirándolo
desde la puerta de su despacho.

A pesar de que era parapléjico, su amigo no
había querido renunciar a seguir practicando
la escalada y lo hacía con gran esfuerzo y maestría.

–Sí, vamos –contestó Tad dubitativo.

–¿Qué te pasa? ¿A qué esperas?

–Más bien, ¿a quién espero?

En aquel momento, sonó su teléfono móvil.

–Soy CJ, estoy yendo para allá, pero hay mucho tráfico.

–No estaba seguro de que fueras a venir.

–Te dije que iría y voy a ir.

–Sí, pero el otro día me dijiste que cenarías
conmigo y no apareciste.

–No se va a volver a repetir.

–¿Prometido?

–Prometido –contestó CJ antes de colgar el
teléfono.

Pierce miró a Tad inquisitivamente, pero Tad
no quería hablarle de CJ porque en otras ocasiones su amigo le había dicho que era nefasto eli-
giendo mujeres.

–¿Quién era?

–Nadie.

–¿La mujer a la que estabas esperando?

–Pierce, yo nunca me meto en tu vida privada.

–Entendido. ¿Preparado para que un minus-válido te dé una buena paliza?

Pierce había ganado durante los últimos tres años y no había sido porque Tad se hubiera dejado ganar precisamente sino porque su amigo era un apasionado del deporte y se pasaba todo el año ganando carreras de sillas de ruedas.

–Si quieres, yo me hago cargo de la prensa y tú empiezas con la iluminación –le indicó Pierce refiriéndose a las decoraciones que aprovechaban para instalar en la escalada.

–Muy bien.

–¿Le ayudo?

Tad se giró sorprendido al oír la voz de Rae-Anne.

–¿Qué hace aquí?

–Aunque parezca raro, estoy trabajando. CJ me ha dicho que quiere que me empape del espíritu de su empresa y, de hecho, todo su equipo va a venir a ver la competición.

Tad se quedó de piedra, pero no se sorprendió porque sabía que para CJ lo más importante era el trabajo.

–CJ es una jefa muy dura, supongo.

–No tiene usted ni idea. Las mujeres son muy... exigentes.

Aquello hizo reír a Tad.

–Si usted lo dice, que es mujer, me lo creo.

Rae-Anne murmuró algo que Tad no fue capaz de entender.

–¿Por qué organizan esto? –le preguntó.

–Para donar los beneficios que obtenemos a programas deportivos escolares.

–Impresionante.

–Espero que a CJ le parezca lo mismo.

–¿Sigue esperando a que el infierno se congele?

–Sí.

–¿Le puedo ayudar de alguna manera?

–Metiéndose en sus asuntos –contestó CJ a sus espaldas.

–¿Hablando de mí?

Tad se giró hacia ella.

CJ se dio cuenta de que le miraba los labios y supo que le hubiera gustado besarla, pero no se atrevía a hacerlo delante de todo el mundo.

Tad se encogió de hombros y sonrió.

–Sólo estaba pidiéndole ayuda a tu secretaria.

–¿Desde cuándo necesitas tú ayuda? –bromeó CJ acercándose a él.

–La verdad es que no la necesito, pero será bienvenida –contestó Tad envolviéndola en el aroma de su colonia.

CJ sintió que lo deseaba más que nunca y deseó poder volver al ascensor de aquella mañana. De haber sido así, habría apretado el botón de parada y le hubiera hecho el amor.

Si lo hubiera hecho, ahora podría concentrarse en su trabajo, podría aprenderlo todo sobre P.T. Xtreme Sports en lugar de mirar a su copropietario con ojos golosos.

Como ya no había marcha atrás, le dio una palmada en el trasero y se alejó.

Pero Tad la siguió, le dio la vuelta, le tomó el rostro entre las manos y la besó fugaz pero apasionadamente haciéndola estremecer.

–Me pones a mil y no puedo dejar de pensar en ti –confesó.

–¿De verdad? –contestó CJ.

–De verdad.

–Me alegro, así estarás alerta –sonrió CJ.

–Ten cuidado con esa boca, no te vayas a meter en un lío –bromeó Tad poniéndose el arnés de seguridad.

La uve que se formó en su entrepierna hizo que CJ desviara la mirada y se diera cuenta del efecto que tenía ciertamente sobre él.

–Me gustan ese tipo de líos –sonrió–. Puedo con ellos.

–¿Hay algún tipo de líos con el que tú no puedas? –preguntó Tad acercándose a ella peligrosamente.

A CJ se le ocurrió que las bromas eran lo mejor para controlar a aquel hombre. Tal vez, Tad se conformara con la fachada que había construido y que mostraba a todos y no quisiera conocer a la verdadera mujer que se escondía en su interior.

–Ninguno del que te tengas que preocupar –contestó.

–¿Quién ha dicho que esté preocupado? –dijo Tad guardándose en una riñonera las luces que Rae-Anne y él habían desenredado antes.

CJ lo miró y se dio cuenta de que aquel hombre era un superviviente. Aquello le gustó porque en aquellos diez años que llevaba sin verlo se había dado cuenta de que ella también lo era.

—Ya sabía yo que tanta testosterona había matado tus neuronas.

—Cathy Jane, estás jugando con fuego.

CJ lo agarró del arnés y lo empujó contra su cuerpo. Cuando vio que a Tad se le dilataban las pupilas, se dio cuenta de que estaba jugando a un juego muy peligroso.

—¿Qué haces? —preguntó Tad con voz ronca.

—Asegurándome de que tienes el arnés bien puesto.

—¿Por qué?

—Porque no quiero que te pase nada y porque quiero que vuelvas para terminar lo que tenemos pendiente.

—Te puedo asegurar que voy a volver para zanjar ese asunto.

—¿Seguro que sabes escalar?

—Tranquila, sé lo que hago.

—¿En qué consiste la carrera?

—Tengo que subir a pulso y colocar las luces y bajar haciendo rápel antes que Pierce.

—¿Pierce es tu socio?

—Sí.

—¿Y es bueno?

—Sí, pero peor que yo.

–Eso es lo que a ti te gustaría –comentó un hombre a sus espaldas.

CJ se giró y se encontró con un hombre muy fuerte que iba en silla de ruedas, tenía ojos candorosos y llevaba un arnés como el de Tad.

–Mujer gato, te presento a Pierce. Pierce, ésta es Cathy Jane Terrence.

–¿Mujer gato? –preguntó Pierce mirándola.

Desde que había vuelto a ver a Tad, CJ había sabido que se iba a arrepentir de aquel ridículo nombre que se había puesto en la adolescencia.

Lo miró y se dio cuenta de que, sin embargo, no se arrepentía de volverlo a tener en su vida.

Capítulo Siete

–Es una historia muy larga y prefiero no contarla. Por favor, llámame CJ –contestó CJ estrechando la mano de Pierce.

Pierce se la besó.

–Encantado de conocerte –le dijo con interés.

Tad se dio cuenta de que su socio miraba a CJ de una manera especial y deseó que estuviera casada con él cuanto antes, porque quería que todos los hombres que la miraran supieran que era suya.

Sabía que aquello era puro machismo y que CJ jamás lo permitiría, así que decidió no dar ninguna muestra de lo que sentía.

Sin embargo, aquella mujer era suya, maldición.

Tad le agarró la mano para que Pierce se la soltara y CJ lo miró con las cejas levantadas, pero él no le hizo caso.

Miró a su amigo, quien le devolvió la mirada divertido.

Tad se sentía celoso y no lo entendía porque Pierce había flirteado constantemente con sus anticuadas maneras educadas con su última novia, Caroline, y no le había importado.

–¿Eres la CJ Terrence de la agencia de publicidad? –quiso saber Pierce.

–La misma –contestó CJ.

Tad la tomó de la cintura y la acercó a su cuerpo hasta que sintió sus suaves curvas, que hicieron que se distrajera de la conversación.

–No sabía que os llevarais tan bien –apuntó Pierce.

–Lo cierto es que CJ es la mujer con la que me voy a...

–Como lo vuelvas a decir, le doy un beso a Pierce en la boca que no va a olvidar jamás –le advirtió CJ.

–Dilo –lo urgió su amigo.

–Ni por asomo –contestó Tad dándole un beso a CJ en la boca y mirándola a los ojos–. Aunque no lo diga, no quiere decir que haya cambiado de idea.

–¿Qué idea es ésa? –preguntó Pierce interesado.

–Nada –contestó Tad–. Vamos a empezar la escalada para terminar cuanto antes porque CJ y yo vamos a salir a cenar.

–Me parece bien –contestó Pierce alejándose.

Tad comprobó su equipo por última vez con la esperanza de que la escalada distrajera su mente de los sentimientos que acababa de descubrir que sentía por CJ.

Casarse con ella era una cosa, pero quererla era algo que no estaba seguro de poder controlar y eso no le gustaba.

Las fuertes emociones que le inspiraba eran intolerables. Aquella mujer había estado huyendo de él desde que se habían vuelto a ver hacía unas semanas y Kylie le había dejado muy claro que correr detrás de una mujer era ridículo.

Tenía que dejarla ir.

Se negaba a terminar como Pierce cuando Karen lo había dejado, sentado en una habitación a oscuras con un álbum de fotos y una botella de whisky.

«No debo darle demasiada importancia», pensó.

Al fin y al cabo, no debería costarle tanto pues, durante toda su experiencia con las mujeres, nunca se había tomado ninguna relación muy en serio.

—¿Me das un beso de buena suerte? —le pidió a CJ.

CJ dudó.

—Le he dicho a mi equipo que podían venir a cenar con nosotros.

Tad sabía que, a pesar de lo que le había dicho hacía un rato, aquella mujer seguía huyendo de él.

¿Estaría huyendo de lo que sentía por él?

—Entonces, le diré a Pierce que se venga también. ¿De qué me querías hablar?

—Me daba miedo estar a solas contigo, pero ya no...

—¿Y ese cambio?

—Creo que me he traicionado a mí misma porque ahora no puedo esperar a estar a solas contigo.

–¿Prometido?

CJ lo abrazó con fuerza.

–Prometido –le dijo al oído.

La cena en la Cheesecake Factory resultó bulliciosa y divertida.

El equipo de CJ tenía un millón de ideas y Pierce se había mostrado muy interesado en ellas.

A mitad de la cena, había llegado Tawny O'Neal, se había sentado en el regazo de Pierce y le había plantado un beso en la boca.

Aquella mujer era realmente divertida y verla con Pierce hizo que CJ sintiera deseos de tener algo que jamás había tenido: una relación de verdad, una relación basada en el deseo, el respeto y el afecto mutuos.

Tad, sin embargo, se había mostrado callado y cabizbajo.

Ahora, sentados en su coche en la puerta de la casa de CJ, no sabía cómo comportarse.

Las cosas habían cambiado mucho entre ellos, pero CJ seguía teniendo miedo.

–Solos por fin –comentó Tad.

CJ quería sonreír, como si no pasara nada, como si Tad fuera un hombre cualquiera, pero no lo era y no lo podía olvidar.

Acostarse con Tad era realmente arriesgado porque ya estaba medio enamorada de él. Aquel hombre tenía casi todas las cualidades que CJ buscaba en su hombre perfecto.

Lo cierto era que, desde que se habían besado aquella mañana en el ascensor, no podía dejar de pensar en dar un paso más e introducir el componente sexual en su relación.

Lo malo era que Tad esperaba algo de ella que CJ se había prometido a sí misma no entregarle a ningún hombre.

–¿Te estás arrepintiendo? –le preguntó Tad acariciándole la cara.

–No, pero es que, ahora que estamos solos, no sé muy bien qué hacer.

CJ lo miró a los ojos y vio en ellos ternura y deseo.

¿Era suficiente?

Estaba intentando no dejar que su cuerpo volviera a regir su vida, pero se dio cuenta de que protegerse del dolor podría ser un riesgo todavía mayor.

¿Quería correr aquel riesgo?

Tad se acercó a ella y CJ sintió su aliento en la mejilla. Aquello bastó para que sintiera una cascada entre las piernas.

Se apresuró a cambiar de postura y a cerrarlas.

–Invítame a tomar un café –le dijo Tad.

CJ vio que él no tenía dudas y se dijo que, tal vez, ella le estaba dando demasiadas vueltas.

Volvió a sentir un deseo incontrolable. El corazón le latía aceleradamente y la ropa parecía constreñirla.

Tad tenía la respiración acelerada también y las pupilas dilatadas.

CJ se dio cuenta de que no había marcha atrás.

—¿Te apetece tomar un café?

—Me apetece mucho más que un café —contestó Tad.

—¿Qué te parece si lo acompañamos de algo dulce? Me quedan galletas del otro día.

—Yo prefiero comerte a ti de postre —sonrió Tad.

—¿De verdad?

Tad le tomó el rostro entre las manos y la besó con dulzura.

—¿Ya estás dudando otra vez?

—Ya te he dicho que no.

—Quiero que estés muy segura, Cathy Jane, porque cuando hayamos hecho el amor todo cambiará.

CJ tragó saliva.

Tal vez, precisamente porque sabía que su relación iba a cambiar tras haberse acostado con él, tenía dudas, pero no podía pasarse toda la vida así.

—Estoy segura —contestó.

Acto seguido, bajó del coche y abrió la puerta del portal. El portero los saludó mientras esperaban el ascensor y, en cuanto se hubieron montado, Tad la abrazó.

Olía de maravilla y CJ se sentía en la gloria entre sus brazos. Tad le acarició la espalda hasta llegar a sus firmes nalgas, que agarró con fuerza y estrelló contra su erección.

CJ quiso besarlo en la boca, pero Tad evitó sus labios y comenzó a lamerle el cuello. CJ se olvidó del mundo, sólo existían ellos dos.

Cuando las puertas del ascensor se abrieron, le pareció natural que Tad la tomara en brazos hasta llegar a su casa.

La dejó ante su puerta y se quedó mirándola atentamente.

CJ se dio cuenta de que la deseaba con tal intensidad que era obvio que se había terminado el huir y le parecía bien porque estaba harta de hacerlo, pero su corazón le advirtió que tuviera cuidado.

El precio que había que pagar por una noche de pasión podía ser muy alto.

–Abre la puerta, CJ –le indicó Tad con la voz ronca por el deseo.

Al darse cuenta de que estaban los dos igual, CJ sacó las llaves del bolso y abrió la puerta.

CJ se preguntó qué iba a pensar Tad cuando se diera cuenta de que ya no era la chica inocente que él conocía, cuando se diera cuenta de que sus miedos nacían de un conocimiento tal vez demasiado profundo de sí misma y no de la incertidumbre de no saber cómo iba a ser acostarse con él.

–Última oportunidad para salir corriendo.

CJ no quería huir de él ni de sí misma.

Los últimos años habían sido fríos y solitarios y no quería volverse a ver así.

CJ empujó la puerta, tomó las manos de Tad

entre las suyas y lo introdujo en su casa. Una vez allí, borró con un beso los miedos de ambos.

CJ le dio un beso profundo y carnal y exploró su boca como si no quisiera que hubiera secretos entre ellos, como si quisiera descubrir todas sus pasiones, pero Tad no estaba dispuesto a no hacer nada.

La besó con el mismo ardor, tomándole el rostro entre las manos y ladeándole la cabeza para acceder mejor a su boca.

CJ gimió y se apretó contra él.

Tad sentía su erección y le separó a CJ las piernas con un muslo. Frustrado por el exceso de ropa que se interponía entre ellos, le quitó el abrigo y lo tiró al suelo junto con el suyo.

A continuación, le desabrochó la blusa dejando al descubierto un sujetador de encaje y unos pezones erectos como piedras.

Se apartó de su boca y la admiró.

Aquella mujer era perfecta.

CJ le quitó la camisa y le acarició el pecho mientras sonreía con picardía. Tad dejó que lo hiciera durante un rato, deleitándose en la sensación.

Al sentir su boca en los pezones, su erección se hizo casi dolorosa. Aquella seducción no iba a ser tranquila y apocada. Tad necesitaba más y lo necesitaba ya.

Volvió a besarla y le desabrochó el sujetador, pero no la tocó.

La oyó inhalar profundamente, esperando sus caricias.

Se moría de ganas de lamerle los pezones, pero quería esperar para estar seguro de que CJ estaba tan excitada como él.

–¿Te gusta? –le preguntó acariciándole la aréola con el pulgar.

–Oh, sí –contestó CJ estremeciéndose.

A continuación, le besó el cuello hasta detenerse en la base, donde el pulso de CJ latía enloquecido.

–Tad…

Tad siguió bajando hasta encontrarse con las copas de su sujetador. Una vez allí, deslizó la lengua entre la tela y la piel haciendo que a CJ se le pusiera la carne de gallina.

Tad le tomó un pecho en la mano haciéndola suspirar. Cuando le acarició el pezón con la punta de la lengua, CJ no pudo evitar gemir su nombre.

Estaba a punto de alcanzar el orgasmo y Tad quería verlo, quería ver el momento en el que el placer se apoderara de su cuerpo, así que le desabrochó los pantalones y se los bajó.

CJ le desabrochó los pantalones también y metió las manos dentro, explorando su erección y sus testículos, que apretó ligeramente.

Tad creyó que iba a perder el control, pero aguantó porque quería que su primer orgasmo juntos fuera para CJ.

La tomó en brazos y la condujo al sofá. Una

vez allí, CJ se incorporó y Tad sintió su aliento en la entrepierna.

–Espera –le dijo quitándole las braguitas.

A continuación, le puso un cojín bajo las caderas para tenerla ante sí como un festín.

–Este postre me encanta –dijo metiéndole una mano entre las piernas y acariciándola.

Introdujo un dedo en su cuerpo haciéndola gemir. Introdujo otro. CJ estaba húmeda y excitada, pero Tad quería prolongar aquello.

Le besó la tripa y el abdomen y, al llegar al bajo vientre, sintió las manos de CJ en el pelo.

–¿Sí?

CJ se mordió el labio inferior y asintió.

Olía a almizcle y a hembra y Tad se moría por saborearla, así que le apartó los labios con los pulgares y encontró su centro de placer, al que regaló caricias con la lengua sin sacar los dedos de su cuerpo.

Con la otra mano, le acarició los pezones mientras sentía sus manos por la espalda en movimientos cada vez más frenéticos.

Entonces, dejó de acariciarla, le tomó las caderas e introdujo la lengua en su cuerpo hasta que sintió cómo las paredes vaginales se contraían a su alrededor.

CJ gritó su nombre y se estremeció al alcanzar el clímax.

Tad la tomó en brazos y la condujo a su dormitorio, donde la depositó en el centro de la cama. A continuación, se desnudó y se tumbó a su lado.

Le quitó la blusa y el sujetador y disfrutó del contacto con su piel desnuda. Intentó tumbarse sobre ella, pero CJ se lo impidió y fue ella la que se colocó encima.

Tad estaba completamente excitado y sentía en su erección la humedad del cuerpo de CJ.

Necesitaba adentrarse en él cuanto antes.

—No tan deprisa —dijo ella sin embargo—. Ahora me toca a mí comerme el postre.

Capítulo Ocho

–¿Te refieres a mí? –bromeó.

–Por supuesto –contestó CJ inclinándose sobre él y mojándose los labios–. Eres lo más apetitoso que hay en esta casa.

Por fin, tenía a Tad en el sitio donde siempre había querido tenerlo: en su cama.

Aunque la había llevado al orgasmo en el sofá, seguía sintiendo un vacío que sólo podía llenarse de una manera.

Quería sentirlo dentro, quería conducirlo a un mundo de placer en el que no hubiera estado con ninguna otra mujer, no quería que se olvidara de ella jamás.

Y quería hacerlo con sus condiciones para poder protegerse, para proteger a la verdadera Cathy Jane, la mujer que siempre había sido susceptible a sus propios apetitos y que nunca había aprendido a desprenderse de sus sueños.

La misma mujer que temía que Tad se diera cuenta de que CJ era solamente una fachada.

No quería parecer vulnerable, así que agarró a Tad de las muñecas y le colocó las manos por encima de la cabeza, sobre la almohada.

Tad no dijo nada, se limitó a mirarla.

CJ sentía su pene entre las piernas y sabía que le estaba gustando el cambio de papeles. Lo miró a los ojos, que parecían lánguidos, como si Tad no tuviera prisa. Sin embargo, el ritmo alocado de su corazón decía lo contrario.

CJ lo besó con pasión y, cuando él intentó retomar el control, le mordió el labio inferior. Tad volvió a su postura pasiva. Aquello le estaba gustando.

—¿Qué te gusta? —le preguntó CJ.

—Contigo todo —contestó él.

Aquél era el mejor cumplido que le habían hecho en su vida.

—Bien, entonces, quédate aquí y no te muevas —le indicó levantándose de la cama.

—No pienso ir a ninguna parte.

CJ entró en el baño y tomó un frasco de aceite para masaje y una caja de preservativos. Al volver a la habitación, encendió unas cuantas velas que tenía en el vestidor.

Tad había puesto tres almohadas contra el cabecero de la cama y la estaba esperando sentado como un pachá. Su presencia dominaba el dormitorio.

CJ dejó los preservativos en la mesilla y se sentó a la altura de sus caderas con el frasco de aceite de sándalo en las manos.

—¿Qué es eso? —preguntó Tad.

—Aceite —contestó ella—. ¿No te gusta?

—Sí, claro que me gusta.

CJ dispuso una pequeña cantidad del líquido en las palmas de las manos y se las frotó. Comenzó a masajearle el torso y Tad se dejó hacer con tranquilidad hasta que CJ deslizó las manos por su abdomen siguiendo la hilera de vello que se perdía en su entrepierna.

Entonces, se revolvió, pero ella siguió bajando por su pierna izquierda hasta masajearle el pie e hizo lo mismo con el derecho antes de volver a subir.

Esa vez sí se detuvo en su pene, sobre el que dejó caer dos gotas de aceite. Tad gimió mientras se lo masajeaba hasta que la piel hubo absorbido el untuoso líquido.

CJ se sentó a horcajadas sobre él y sintió su miembro erecto y caliente entre las piernas. Comenzó a moverse en círculos sobre él y con cada movimiento lo aproximaba más a la entrada.

–Necesito más –gimió Tad.

–¿Mucho más? –bromeó ella echándose hacia delante hasta tocarle el torso con los pezones.

Tad la agarró de las caderas y buscó la entrada.

Mientras Tad le chupaba los pezones, CJ agarró la caja de preservativos de la mesilla y le puso uno masturbándolo un par de veces hasta que Tad ya no pudo más y la penetró con fuerza.

CJ ahogó un grito de sorpresa. Aquel hombre tenía un miembro mucho más grande de lo que esperaba.

–Vamos, pequeña, tú puedes –la animó él acariciándole la espalda hasta que el cuerpo de CJ se acostumbró al miembro invasor–. No puedo más –rugió Tad moviéndose a un ritmo frenético.

CJ se movía también hacia el orgasmo, abrasándose los pezones contra su pecho con cada embestida.

Sentía en el cuello el aliento de Tad, que le decía palabras ardientes al oído. Sintió cómo sus manos resbalaban desde sus caderas hasta su monte de Venus, donde Tad la acarició con maestría en el lugar exacto donde ella quería que la acariciara.

Aquello hizo que tuviera otro orgasmo.

Gritó su nombre mientras Tad la agarraba con fuerza de las caderas y la embestía dos veces más con ímpetu hasta que llegó al clímax con un fuerte aullido.

CJ dejó caer la cabeza sobre su pecho y cerró los ojos para disfrutar unos momentos de aquella cercanía.

A la mañana siguiente, seguía oliendo a sándalo cuando Tad abrió los ojos.

CJ era una caja de sorpresas. Jamás habría esperado aquel erótico masaje que le había dado ni su atrevido comportamiento en la cama.

Le retiró un mechón de pelo de la cara y lo olió. Al instante, volvió a desearla. Habían hecho el amor dos veces más y, aunque debería estar saciado, lo cierto era que se hubiera quedado con ella en la cama un mes entero.

Estaba amaneciendo y Tad tenía hambre.

Se volvió a tumbar y se quedó mirando al techo.

Cuanto más conocía a CJ, menos la entendía. Era compleja y profunda y le costaba mucho revelar su personalidad.

Anoche había comprendido que CJ utilizaba algo más que unas lentillas y una melena teñida para mantener a los demás a distancia. También ocultaba su naturaleza sensual.

Era obvio que quería protegerse.

¿Tendría él parte de culpa en aquel comportamiento? ¿Era posible que su comportamiento de hacía diez años la hubiera traumatizado de alguna manera?

La miró, con el pelo esparcido sobre la almohada, y le acarició la espalda.

Dormida era frágil y vulnerable y Tad no pudo evitar darle la vuelta y abrazarla. Le hubiera gustado despertarla para prometerle que siempre estaría allí para protegerla, como un caballero de la Edad Media, pero él era un hombre del siglo XXI con muchos puntos débiles que no quería que nadie conociera.

Casarse con ella se le antojaba ahora más peligroso que antes.

La primera vez que se lo había pedido, había sido porque le parecía una mujer agradable, le gustaba y sabía que les gustaría también a sus padres.

Sin embargo, ahora que le inspiraba aquel sentimiento de quererla proteger, estaba sorprendido.

CJ suspiró dormida y se apretó contra él.

–Despierta, Bella Durmiente.

—¿Tad?

—¿Quién iba a ser si no?

—Nadie —contestó CJ acariciándole la mejilla. Tad la besó y CJ le pasó una pierna por encima de la cadera, momento que él aprovechó para acercar su erección a la entrada de su cuerpo.

Sin introducirse en él, comenzaron a moverse suavemente, a frotarse el uno contra el otro, hasta alcanzar el orgasmo, que no fue tan salvaje como los de la noche, sino más suave, más acorde con la mañana.

—No me puedo creer que esto sea real —dijo CJ.

—Pues lo es y podría serlo todavía más —contestó Tad.

—Por favor, no te pongas a hablar otra vez de casarnos —le pidió CJ abriendo los ojos.

—¿Por qué no?

CJ intentó apartarse, pero Tad la agarró para impedírselo.

—Tad.

—No pienso soltarte hasta que hayamos hablado. Sé que hay algo más aparte de las débiles excusas que me has dado.

—¿Cómo lo sabes?

Tad se encogió de hombros.

—¿Por qué es tan importante para ti que nos casemos?

Tad no quería hablar de sí mismo, pero CJ lo estaba mirando con interés.

—Eh… es complicado.

—Eso exactamente creo yo.

—Yo no lo digo porque el matrimonio me dé

miedo… como a ti. Es porque… te voy a parecer un bobo por lo que voy a decir.

—No creo —contestó CJ besándolo.

Tad respiró hondo.

—¿Hace mucho que no vas a Auburndale?

—Por lo menos cuatro años. Marnie vive en San Luis y mi madre está enterrada en Orlando, así que no he tenido ningún motivo para volver. ¿Por qué?

—Mi madre ha tenido problemas de corazón y el verano pasado estuvo ingresada tres semanas.

—Lo siento mucho, pero, ¿qué tiene que ver eso con que te quieras casar conmigo?

—Mis padres se mueren por tener nietos y no paran de insistirme para que me case. Hasta que no ingresaron a mi madre no me lo tomé nunca en serio. Hasta entonces, creía que tenía todo el tiempo del mundo, pero no es así porque mis padres se están haciendo mayores y sé que verme casado y con hijos les haría muy felices.

—¿Y tu felicidad? —quiso saber CJ mirándolo apoyada en un codo.

—Yo soy feliz contigo —contestó Tad abrazándola.

—¿De verdad?

—De verdad. Eres una mujer abierta, sincera y te gusta pasártelo bien.

—Pareces un anuncio.

Tad tuvo la impresión de que las cosas no estaban resultando tan fáciles como él creía. ¿No debería decirle que soñaba con verla convertida en su esposa con dos hijos que jugaran a su lado?

—Eres todo lo que quiero en una mujer.

CJ se zafó de sus brazos y se levantó de la cama.

—No, no lo soy —dijo girándose y metiéndose en el baño.

Una vez a solas, se miró en el espejo.

Hacía mucho tiempo que no tenía marcas de chupetones en el cuello y sentía el escozor de la barba en los pechos.

Le dolía la parte interna de los muslos y sentía la entrepierna sensible del último orgasmo.

Desde luego, Tad era un amante generoso y experto.

Sabía que acostarse con él lo iba a cambiar todo y no le había importado que Tad viera ciertas cosas de ella que normalmente permanecían ocultas a todo el mundo.

Para lo que no estaba preparada era para entregar su cuerpo a un hombre que ni siquiera se había dado cuenta de que escondía algo.

¿Qué iba a hacer?

Si sólo fuera una aventura, no pasaría nada, pero Tad quería casarse con ella... para hacer feliz a su madre.

Se pasó la mano por el pelo y se acercó al espejo.

No obtuvo respuestas de su reflejo, así que, frustrada, se metió en la ducha y dejó que el agua le resbalara por el cuerpo hasta que las dudas y los miedos desaparecieron.

Había algo que no podía olvidar y era que Tad era el hombre que siempre había buscado. Por eso, precisamente, era tan peligroso.

Le gustaba que fuera un hombre de éxito en el trabajo, que se preocupara por la comunidad y por su familia, pero lo malo era que Tad la tenía por una mujer que no era en realidad y que jamás podría ser.

¿De verdad creía que era abierta y que le gustaba pasárselo bien? Aquello le hizo preguntarse si realmente daba esa impresión a los demás.

¿No se había dado cuenta Tad de que jamás dejaba que la gente supiera cómo era en realidad?

El sexo que había compartido con él había sido maravilloso, incluso mejor que el que tuvo con Marcus, que fue el que le enseñó lo que era el placer.

Le entraron ganas de gritar, pero no lo hizo.

Se enjabonó todo el cuerpo y se frotó con fuerza con la esperanza de borrar a Tad de su memoria, pero no lo consiguió.

Cuando se estaba enjuagando, sintió que se había abierto la puerta.

Tad estaba de pie frente a la ducha, dubitativo y desnudo. Por cómo la miraba, CJ se dio cuenta de que creía que algo iba mal entre ellos.

Era obvio que se había percatado de que ella quería algo más de él, pero que no tenía ni idea de qué era.

No sabía si aquello iba a salir bien y sintió que se le formaba un nudo en la garganta al pensar que todo había terminado entre ellos.

—No me mires así –dijo Tad.

CJ sintió deseos de volverle a hacer el amor.

–¿Así cómo?

—Como si te hubiera decepcionado.

—Es que lo has hecho.

–¿Por qué?

CJ había olvidado lo difícil que resultaba hablar con los hombres.

—Si te lo tengo que decir yo, no sirve de nada.

—No tengo el don de leerte el pensamiento –maldijo Tad.

CJ no quería que viera su inseguridad. Ni siquiera dejaba que Marnie, su hermana, la persona que había estado a su lado en sus peores momentos, lo hiciera. De hecho, Marnie creía que era una feliz ejecutiva de éxito.

—No espero que lo hagas.

—Entonces, dime qué he hecho mal.

CJ negó con la cabeza. ¿Cómo le iba a decir que no la conocía, que no era la chica que recordaba ni la mujer que creía, que era una mezcla de ambas y de una tercera que vivía en lo más profundo de su alma?

Tad suspiró, se metió en la ducha, cerró la puerta de la mampara, le quitó la esponja de las manos y la abrazó.

A continuación, la besó con una ternura de la que CJ no lo sabía capaz.

–¿Qué te pasa? –le preguntó muy serio.

—Que no me conoces –contestó por fin CJ.

—No me has dejado.

Capítulo Nueve

Cuando CJ salió de la ducha, Tad se quedó allí enjabonándose.

No iba a ir tras ella, pues lo había hecho con otras mujeres y nunca le había dado resultado.

Su imagen sobre CJ había cambiado en algunos aspectos la noche anterior y, aunque el matrimonio seguía siendo importante, tal vez, no fuera lo correcto con ella.

Tras ducharse, se afeitó y se cortó dos veces. Maldición.

Aquella mañana no estaba resultando buena.

Se enrolló una toalla a la cintura y volvió a la habitación.

CJ estaba ante el espejo con una bata de raso blanco. Tad la observó mientras domaba su melena rizada y la transformaba en una perfecta coleta.

A continuación, se maquilló y se puso las lentillas, eligió unos pantalones de lana beige con un jersey de cuello alto en tono marfil y unas botas a la moda.

Al verla vestida así, Tad se dio cuenta de lo mucho que había cambiado y entendió lo que le había dicho antes.

No se había dado cuenta de lo mucho de sí misma que escondía al mundo, pero eso no quería decir que él no conociera a la CJ de verdad.

CJ se puso un collar de perlas y unos pendientes a juego.

Tad no podía dejar de mirarla.

Se estaba poniendo su armadura para alejarse de él.

Tad se dijo que lo mejor era mandarlo todo al infierno, pero sabía que no iba a ser tan fácil olvidarse de aquella mujer.

—No te va a dar resultado —le dijo por fin.

CJ se giró y lo miró con el perfilador de labios en una mano y las cejas levantadas.

—No puedes ignorarme hasta que me vaya.

—¿Por qué no? —contestó CJ girándose de nuevo hacia el espejo para terminar de pintarse los labios de un rojo brillante.

Solamente un ligero temblor de la mano le indicó a Tad que había una ranura en su armadura de protección.

—Porque tenemos un tema pendiente, Cathy Jane Terrence, que empezó el mismo día en el que viniste a vivir a la casa de al lado y te caíste de la bicicleta —contestó Tad—. ¿Te acuerdas?

—Sí.

—Te puse varias tiritas y te prometí que siempre estaría a tu lado.

CJ desvió la mirada.

—Pero no lo estuviste.

Tad se acercó a ella, le puso las manos en los hombros y la miró a los ojos a través del espejo.

CJ dejó el perfilador sobre la mesa.

–Lo estoy ahora o, por lo menos, lo estoy intentando. Deberías poner algo de tu parte.

–Lo sé. Tienes razón. No te he dejado acercarte a mí.

–¿Por qué?

–No lo sé –contestó CJ jugando con una brocha de maquillaje.

Tad la volvió hacia él. Aquella mujer tan moderna y delicada no era la mujer que él conocía, pero se dio cuenta de que aquella parte de su personalidad era tan verdadera como la maravillosa amante con la que había compartido la noche.

–¿No lo sabes o no me lo quieres decir?

–No te lo quiero decir –contestó CJ echando los hombros hacia atrás.

–Puedes confiar en mí –le aseguró Tad abriendo los brazos para abrazarla.

Pero CJ se giró y se apartó de él.

–No, eso no es verdad.

Tad estaba empezando a perder la paciencia. Quería saber qué era lo que no iba bien entre ellos para poder arreglarlo porque quería estar con aquella mujer, pero aquel jueguecito de adivinanzas lo estaba hartando.

–Esto no nos está llevando a ninguna parte. ¿No vas a poner nada de tu parte?

–Lo estoy intentando.

–Me voy a ir. Cuando quieras hablar conmigo de manera razonable, llámame –anunció Tad recogiendo sus ropas a toda velocidad.

CJ lo observaba en silencio.

Tad salió de su habitación y avanzó por el pasillo sabiendo que CJ lo seguía.

–Tad, no te vayas.

Tad miró por la ventana. Estaba nevando un poco y el cielo estaba nuboso y gris. Hacía un tiempo maravilloso para acurrucarse frente a la chimenea, pero lo malo era que aquella mujer con la que había elegido estar no parecía tener muchas ganas de mimos.

–Dame una buena razón para que no me vaya.

–Tengo miedo –contestó CJ.

Tad se acercó a ella, pero no la tocó.

Aquellas palabras habían sido suficientes para hacer que su instinto protector aflorara de nuevo.

–¿Miedo de mí?

–No, de ti no.

–Entonces, ¿de quién?

CJ se retorció las manos y se mordió el labio inferior.

–Creo que de mí.

–No te entiendo.

–¿Te acuerdas de que te dije que no conoces a la verdadera CJ? Bueno, pues yo tampoco. Llevo tanto tiempo reinventándome a mí misma que ya ni siquiera sé quién soy en realidad.

–Y eso te asusta.

–En parte, sí. También me asusta que me hagas querer olvidarme de la mujer que siempre he querido ser y convertirme en la mujer que tú quieres.

–Lo que yo quiero es muy sencillo, Cathy Jane.

–¿De verdad?

–Sí, yo sólo quiero que te cases conmigo.

CJ negó con la cabeza.

–Todos los hombres me han abandonado.

Tad sintió que se le encogía el corazón. Aquella mujer era muy sensible para el mundo en el que vivía.

CJ estaba esperando su respuesta, convencida de que se iba a ir. Tad se dio cuenta de que había sufrido mucho en el pasado.

«Por favor, que no le haga daño yo también porque significa mucho para mí», pensó.

–¿Qué hombres? –quiso saber Tad.

CJ se arrepintió de sus palabras. Deseó poder dar marcha atrás. De haber sido así, nada más levantarse, le habría hecho el amor a Tad hasta dejarlo extenuado. A continuación, le habría preparado un buen desayuno.

Así, entre montones de comida y de sexo, él no habría tenido ni tiempo ni ganas de hacerle preguntas que ella no quería contestar.

Sin embargo, la estaba abrazando y CJ tuvo la sensación de que podría estar así todo el día, pero Tad quería respuestas.

–¿Por qué no nos sentamos? –le dijo.

–Muy bien –contestó Tad.

106

CJ se zafó de él aunque la tentación era muy fuerte porque entre sus brazos podía esconderse de sí misma y del pasado, pero no debía hacerlo.

Miró su alrededor. En el salón, todavía había ropa de su noche de pasión y CJ se dio cuenta de que no podían hablar así.

¿Por qué no tenía una varita mágica que hiciera desaparecer los detalles engorrosos, como por ejemplo sus braguitas?

–Voy a recoger esto un poco.

–Te ayudo –se ofreció Tad.

–No.

Mientras CJ recogía su ropa, a Tad le volvieron a sonar las tripas.

–¿Desayunamos?

–Si quieres, lo preparo yo y hablamos mientras –contestó CJ.

Lo cierto era que no quería ver a nadie, sólo a Tad, en el que confiaba. Quería contarle sus relaciones con los hombres, empezando por su padre, que las había abandonado para irse con una Lolita mucho antes de trasladarse a vivir a Auburndale dejando muy claro que lo último que quería en la vida era una esposa y dos hijas.

Marcus la había abandonado también por otra mujer, pero de una manera más sutil, sugiriéndole que abandonara la agencia de publicidad donde ambos trabajaban para evitar la vergüenza.

En ese momento, Tad la estaba intentando convencer para que arriesgara un pedazo de su corazón para ver si sus sentimientos eran correspondidos.

Una vez en la cocina, CJ puso agua a hervir y pan en el tostador.

El silencio era ensordecedor.

CJ sabía que tenía que hablar de cómo todos los hombres de su vida la habían abandonado hasta hacer que no confiara en ellos porque, siempre que le habían prometido que iban a estar a su lado, se habían terminado yendo.

Puso un CD de Ella Fitzgerald y, cuando el jazz invadió la cocina, se giró hacia Tad, que la miraba fijamente.

–Supongo que quieres hablar.

En ese momento, a Tad le volvió a sonar la tripa.

–Tal vez no. ¿Tienes hambre? –le preguntó CJ con una sonrisa.

–Sí, desde que me he despertado. ¿Dónde guardas las sartenes?

CJ le señaló un armario.

–¿Sabes cocinar?

Tad la miró tan indignado que CJ se preguntó si no tendría un doctorado en cocina.

–¿Qué vas a preparar?

–Huevos fritos con beicon –contestó Tad.

CJ puso los ojos en blanco. No se podía creer que se hubiera sentido culpable cuando lo único que Tad sabía cocinar era un desayuno de campaña.

–¿Cómo te atreves a llamar a eso cocina?

–No te pongas picajosa, Cathy Jane, o no te doy.

–A lo mejor te tengo que dar las gracias de corazón.

Tad echó la cabeza hacia atrás y se rió a gusto. CJ sonrió mientras preparaba zumo de naranja natural y las tostadas.

La tensión había desaparecido.

Tad sirvió los huevos con beicon y se sentaron a desayunar con Ella de fondo cantando sobre el desamor y el sufrimiento.

CJ pensó que debería haber quitado la música.

–Estos huevos no están nada mal –comentó.

–¿Para haberlos hecho un hombre, quieres decir?

–Bueno...

–Ya.

–¿No sabes aceptar un cumplido?

–¿Eso ha sido un cumplido?

–Sí.

Terminaron de desayunar en silencio y CJ recogió la mesa mientras Tad la miraba atentamente.

CJ sabía que Tad quería hablar, que ya había llegado el momento, así que sirvió dos tazas de café y fueron al salón.

Se sentaron frente a la chimenea y Tad le pasó un brazo por los hombros.

–¿Dónde nos habíamos quedado? –le preguntó.

–No estoy segura, pero creo que querías que te hablara de mi pasado.

–No te estoy pidiendo que me cuentes tus grandes secretos, CJ.

–Ya lo sé, pero yo me he hecho a la idea de que esto es una gran confesión.

–No tiene por qué ser así. Siento mucho que creas que no te conozco bien. Te prometo que lo estoy intentando, pero tú no me lo estás poniendo fácil.

–Me cuesta mucho dejar que las personas se acerquen a mí.

–¿Por qué?

CJ se encogió de hombros.

–Creo que tiene mucho que ver con la imagen que yo tengo de mí misma. La verdad es que nunca me ha gustado mi talla ni mi aspecto.

–Entiendo que te sintieras así en el colegio, pero no entiendo que te pase lo mismo ahora.

–A veces me sucede.

–¿Todo esto es una cuestión de belleza? No soy tan superficial.

–Ya lo sé, pero cuando dices que quieres casarte conmigo vuelvo a tener dudas porque sé que no soy la mujer perfecta para ti y que no puedo serlo.

–¿Por qué no?

–Porque hay algo dentro de mí que hace que los hombres me abandonen.

–Yo no te voy a volver a abandonar. Yo lo que quiero es casarme contigo.

–Eso dices.

Tad se quedó mirándola muy serio.

–Creo que tienes razón cuando dices que no nos conocemos bien.

–¿Sí?

–¿Qué te parece si salimos durante un tiempo? –le propuso.

–¿Y seguimos durmiendo juntos?

–Por supuesto que sí.

CJ sintió el primer rayo de esperanza. Tal vez, su relación con Tad pudiera salir adelante pues él quería intentarlo, quería conocer a la verdadera CJ.

Tad le había hecho darse cuenta de que la vida fuera del mundo de la publicidad también podía estar bien.

Pasaron aquella tarde en la avenida Michigan, comprando regalos de Navidad.

–¿Tus padres van a venir a pasar la Navidad contigo? –le preguntó CJ a Tad mientras caminaban hacia su casa bajo una ligera nevada.

–Sí, mi madre es de Nueva Inglaterra y le encantan las Navidades con nieve.

–A mí también. Cuando era pequeña, siempre quería que nevara en Navidad.

–Eso les pasa a todos los niños de Florida.

–¿Qué solías pedir de regalo?

–Lo típico, una bici, un coche, videojuegos –contestó Tad–. ¿Y tú?

–Yo no soy muy materialista –contestó CJ en

un tono que hizo que Tad se diera cuenta de que le ocultaba algo.

–¿No me lo vas a contar? –le dijo abrazándola.

CJ lo miró a los ojos y Tad vio un enorme amor en ellos que le hizo desear que no confiara tanto en él porque no se creía merecedor de ello.

–Yo siempre pedía que mi padre volviera a casa.

–Y jamás lo hizo –apuntó Tad.

–No, se había ido hacía mucho tiempo y jamás volvió, pero nunca hablábamos de ello.

–¿Por qué?

–Porque era más fácil fingir que estaba de viaje de negocios.

–¿Más fácil para quién?

–No lo sé. Supongo que para mi madre –contestó CJ estremeciéndose y subiéndose el cuello del abrigo–. Perdona, supongo que no era esto lo que querías oír.

–Si no hubiera querido oír la verdad, no habría preguntado –le aseguró Tad–. ¿Volvemos a casa?

–Sí.

Tad quería quedarse a dormir con ella, pero no sabía cómo decírselo. Por otra parte, la conversación se había puesto demasiado seria y quería aligerar el ambiente.

–Tú practicas tae kwon do, ¿verdad?

–Sí.

–¿Quieres que hagamos un combate?

—No me fío de ti. ¿Qué es lo que tienes en mente?

—Un combate amistoso de lucha y desnudo.

—¿Estás de broma?

—No, claro que no.

—¿Y dónde tienes pensado que lo hagamos?

—En mi casa. He convertido una habitación de invitados en gimnasio.

—Me parece una buena idea. ¿Y el que pierda qué tiene que hacer?

—Preparar el desayuno mañana.

—Pero me das ventaja, ¿no? —sonrió CJ—. Lo digo porque eres un poco más fuerte que yo.

—Sólo un poco.

—Sí, sólo un poco.

—Eres todo corazón, chica.

—No lo olvides nunca.

Recorrieron el camino bromeando y, cuando llegaron a casa de Tad, se olvidaron del combate e hicieron el amor durante toda la noche hasta que se quedaron dormidos exhaustos.

Tad se despertó unas horas después y la abrazó con fuerza, la abrazó con una desesperación que jamás habría admitido ante nadie, la abrazó como si no quisiera separarse de ella jamás.

Capítulo Diez

Cinco días después, CJ estaba encantada.

Parecía que, por fin, Rae-Anne había entendido cómo funcionaba la mayor parte del equipo de la oficina y no había perdido ningún documento importante últimamente.

Butch Baker la había llamado hacía cinco minutos y estaba en el ascensor subiendo para ir a verle. Si todo iba como ella creía, le iba a dar el ascenso por el que tanto había trabajado.

CJ se miró en el espejo y se arregló el moño antes de repetirse varias veces su mantra.

«Soy una profesional de éxito porque todo el mundo quiere que tenga éxito».

Entró en el despacho de su jefe y su secretaria, Molly, le indicó que entrara directamente a hablar con él.

—¿Querías verme? —le dijo con toda la calma de la que fue capaz.

—Sí, CJ. Pasa y siéntate.

Las paredes de aquel despacho estaban cubiertas de los mejores anuncios de la última década y, viéndolos, cualquiera era capaz de entender por qué Butch ocupaba un puesto tan importante dentro de aquella empresa.

Sin embargo, también había un gran lugar reservado a las fotografías de su esposa y de sus hijos y del equipo infantil de béisbol al que entrenaba desde hacía cinco años.

–No quiero entretenerte, así que voy a ir directamente al grano. CJ, te he llamado para decirte que eres nuestra nueva directora de la división interna. Enhorabuena.

CJ sonrió y estrechó la mano de su jefe.

–Gracias por la confianza que has depositado en mí. Voy a trabajar muy duro para que no te arrepientas de tu decisión.

–No tengo ninguna duda al respecto y, precisamente, quería hablar de ello.

–¿Ah, sí?

–Sí. He estado a punto de no darte el ascenso porque vives dedicada al trabajo.

–Yo creía que eso era un punto positivo.

–Según las estadísticas, los ejecutivos que tienen una vida equilibrada son más productivos en el trabajo.

–¿Qué me estás intentando decir, Butch?

–Te has esforzado mucho para conseguir este ascenso y te lo mereces, pero ya va siendo hora de que te hagas cargo de los demás aspectos de tu vida. Sal con hombres, practica deporte, haz trabajos voluntarios para la comunidad, concédete tiempo para ti misma.

CJ sintió que se le contraía el estómago y abrió la boca para decirle a su jefe que estaba prometida, pero no pudo hacerlo.

Su trabajo siempre había sido lo más impor-

tante y, ahora, de repente, palidecía en compa-
ración con la relación que tenía con Tad.

Pero estar con él significaba asumir riesgos,
riesgos que sentía siempre que estaba a su lado,
pero que no confesaría ante nadie, riesgos que
hacían que todo, incluso aquel estupendo ascenso, pareciera una tontería.

–No sé si te he entendido bien, Butch. ¿Quieres que me case?

–Lo que hagas con tu vida personal es cosa
tuya, pero quiero que hagas algo fuera de tus
horas de trabajo. Al consejo de administración
le gusta que los ejecutivos estén casados, pero
no es un requisito imprescindible para el
puesto.

–Estoy saliendo con un hombre –dijo CJ.

Butch asintió.

–Tu ascenso es válido a partir de hoy mismo y
te cambiaremos de despacho en enero. Esta
tarde, a las siete, me gustaría que te tomaras
unas copas con los miembros del consejo. ¿Por
qué no le dices a tu amigo que se venga?

–Muy bien –contestó CJ saliendo del despacho de Butch.

Mientras volvía al suyo, se dijo que no podía
creérselo, le habían dado el ascenso y le habían
dicho que tenía que dedicar menos tiempo al
trabajo.

¡Increíble!

Al llegar a su despacho, Rae-Anne la miró
desde su ordenador.

–¿Y bien? ¿Tenemos algo que celebrar?

–Sí, Rae-Anne, tienes ante ti a la nueva directora de asuntos internos.

–Enhorabuena.

–Gracias.

Tenía que hacer un montón de cosas, como organizar una comida de despedida con su actual equipo y una ronda de entrevistas para encontrar a alguien que la sustituyera, pero no podía concentrarse en ello en esos momentos.

Lo único en lo que podía pensar era en que nunca había querido casarse y ahora la presión era por partida doble, por parte de Tad y de Butch.

Su madre solía mirar la fotografía de su padre todas las noches antes de meterse en la cama y CJ se había prometido a sí misma desde muy pequeña que a ella no le ocurriría algo así.

Se había arriesgado con Marcus y le había salido mal, la había abandonado aunque ella había intentado ser lo que él buscaba en una esposa.

En ese momento, sonó el intercomunicador de Rae-Anne.

–Es Tad por la línea uno –anunció la secretaria.

–Gracias, Rae-Anne. Por favor, organiza un servicio de catering para el equipo a la hora de comer y dile a todo el mundo que vaya a la sala de conferencias porque les tengo que anunciar una cosa.

–Muy bien.

CJ apretó una tecla de su teléfono.

–¿Tad?

–Hola, Cathy Jane, ¿estás libre para comer?

–La verdad es que no porque me han dado el ascenso y quería invitar a mi equipo a comer.

–Enhorabuena, te lo mereces.

–Gracias.

–Entonces, ¿qué te parece si salimos a cenar?

–Estupendo, pero, ¿podrías pasarte por aquí a las siete?

–Sí, ¿por qué?

–Porque tengo que reunirme con el consejo de administración para tomar una copa y no me apetece ir sola.

–Allí estaré.

Sus palabras no sirvieron para aliviar la tensión que CJ sentía en su interior. Confiar en Tad era muy fácil porque era un hombre de gran corazón, pero le daba miedo hacerlo porque ni siquiera se fiaba de sí misma.

CJ colgó el teléfono con ganas de llorar.

Tad eligió un elegante restaurante llamado Gejas, situado en Lincoln Park, para celebrar el ascenso de CJ.

Había pasado aquella tarde por Tiffany's para comprar el anillo de compromiso, pero le pareció que no era el mejor momento para insistir en que se casaran.

Aquella vez no lo hacía por sus padres sino por sí mismo y no se quería arriesgar, así que había elegido una pulsera de oro y ámbar que tenía envuelta en el bolsillo y que no sabía cuándo darle.

Pidió una botella de champán para brindar por el triunfo de aquella mujer a la que todos los presentes en la copa de las siete habían elogiado con sincera admiración.

Tad corrió la cortina del reservado tras hacer el pedido y tomó a CJ entre sus brazos.

–Lo primero, vamos a brindar –propuso.

–¿Y luego? –contestó CJ.

–Y luego ya lo verás.

–¿Y si no quiero esperar? –preguntó CJ comiéndose una fresa y levantando una ceja.

Tad la estrechó entre sus brazos y la besó.

–Quiero darte la enhorabuena –le dijo orgulloso de ella–. Es impresionante dónde has llegado profesionalmente –añadió alzando su copa.

–Gracias, Tad –contestó CJ con lágrimas en los ojos.

–De nada, preciosa. Bébete el champán porque tengo más sorpresas.

–Ya sabes que no me gustan las sorpresas.

–Ésta te va a gustar.

–¿De verdad?

–Sí, confía en mí –le dijo Tad deseando que confiara en él aquella noche y toda la vida.

–Estoy empezando a hacerlo –contestó CJ acariciándole la mejilla.

–Bebe –insistió Tad.

La simple caricia de CJ lo había excitado y Gejas, aunque estaban en un reservado, no era el lugar indicado para dar rienda suelta a su pasión.

Se tomaron el champán y se dieron de comer mutuamente las fresas antes de que les sirvieran el primer plato, lo que los sumió en una nebulosa de anticipación y deseo.

—¿Sabes que, si se te cae el tenedor, tienes que darle un beso a la persona que tienes a tu izquierda? —le dijo Tad cuando el camarero se hubo ido tras dejar sobre la mesa una fondue.

—Qué casualidad que seas tú la persona sentada a mi izquierda, ¿verdad? —sonrió CJ.

—Qué casualidad, ¿eh?

La cena transcurrió entre besos y bromas y, tras tomar el segundo plato, Tad dejó la caja sobre la mesa y miró a CJ.

Ella vio que era de Tifanny's y larga y estrecha, así que se debía de haber dado cuenta de que no era un anillo, pero, aun así, dudó.

—Oh, Tad, no te tendrías que haber molestado en comprarme un regalo.

—Ya lo sé. Quiero que me hagas un favor antes de abrirlo.

—¿Qué?

—Quiero que te quites las lentillas.

—¿Por qué?

—Porque las utilizas para esconderte de la gente y de mí no tienes por qué esconderte.

CJ sacó un estuche del bolso y se quitó las lentes de contacto. A continuación, Tad le quitó las horquillas que le recogían el pelo y se lo dejó suelto.

–¿Estoy mejor ahora? –quiso saber CJ.

–Todavía no –contestó Tad besándola con pasión hasta dejarle los labios mojados y abultados–. Ahora estás perfecta. Abre tu regalo.

A CJ le temblaron las manos al tomar la caja. La abrió lentamente, como si tuviera miedo de que le saltara una serpiente de dentro.

Cuando, por fin, sacó la pulsera, se le saltaron las lágrimas y le resbalaron por las mejillas.

–Yo… Oh, Tad. Muchas gracias.

–De nada –contestó él poniéndole la pulsera y besándole la muñeca.

La miró a los ojos y, por primera vez, vio confianza en ellos. Entonces, supo que había llegado el momento de llevarla a casa y hacerle el amor, había llegado el momento de presionar un poco más para intentar derribar las barreras que CJ había puesto alrededor de su corazón y que Tad presentía que estaban empezando a caer.

CJ abrió la puerta de su ático, entró y encendió las luces.

Aquel día había sido como un torbellino de excitación, miedo, alegría y presión y la presencia de Tad no le ayudaba precisamente a relajarse.

La pulsera que le había regalado brillaba en su muñeca.

No se podía creer que Tad le hubiera hecho un regalo tan caro.

Aquella pulsera junto con las palabras de su jefe eran una presión insufrible.

Tad le acarició la espalda y CJ pensó que lo que más le apetecía hacer era dejar de pensar y hacer el amor con él.

CJ se quitó el abrigo y sintió el aliento de Tad en la nuca. Tad le retiró el pelo y le dio un beso que la hizo estremecerse.

–¿Tienes frío?

CJ no podía contestar. Tad sonrió con indulgencia, la abrazó por detrás y le dijo cosas al oído que la excitaron todavía más. A continuación, le acarició las nalgas y la apretó contra su cuerpo.

CJ sentía que los pechos se le habían hinchado y que los pezones amenazaban con romper la tela del sujetador.

Necesitaba más.

Se giró hacia él, se puso de puntillas y lo besó.

No podía vivir sin aquel hombre, lo deseaba demasiado.

Se quedó mirándolo mientras encendía las luces del árbol de Navidad y encendía el fuego.

Se desabrochó la corbata y se quedó mirándola.

–Ven aquí –le dijo.

CJ dudó.

No sabía qué hacer.

Tad se había convertido en alguien muy importante para ella, mucho más de lo que jamás habría imaginado.

Aquella tarde había observado la mirada de aprobación de Butch cuando los había visto juntos.

¡Qué fácil sería darle gusto a su jefe!

—Cathy Jane, ¿por qué tengo la sensación de que estás huyendo de nuevo?

Maldición.

¡Y eso que CJ creía que no la conocía de verdad!

No quería hablar, así que se acercó a él y le desabrochó la chaqueta.

—¿Te parece que esto lo hace una mujer que quiere huir?

A continuación, se quitó la chaqueta y se quedó mirándolo luciendo un bonito sujetador de encaje negro.

—Me corrijo.

—Muy bien —le dijo acariciándole el pecho y deslizando los dedos sobre su erección.

Tad gimió de placer, pero aguantó.

—Me parece que uno de nosotros lleva demasiada ropa encima —comentó CJ.

—Yo creo que a los dos nos sobran algunas prendas —contestó Tad.

—A ver qué podemos hacer al respecto —dijo CJ desabrochándole la camisa y dejando al descubierto su torso musculoso.

Tad le desabrochó el sujetador y comenzó a masajearle los pechos y a juguetear con sus pezones.

—Tad…

—Dime —contestó él lamiéndole la oreja y el cuello.

CJ no podía pensar, sólo sentir.

Por fin, sintió la boca de Tad sobre sus pezones y le agarró del pelo mientras él se los lamía.

Tad siguió desnudándola. Le quitó la falda y se sorprendió al sentir sus nalgas desnudas. Se apartó de ella y comprobó que CJ llevaba un tanga de encaje, liguero y medias negras.

Aulló y la tomó en brazos.

La tumbó en el sofá y se puso encima de ella. CJ sentía su boca y sus manos por todas partes. Le metió una mano por las braguitas y la tocó íntimamente hasta hacer que casi llegara al orgasmo.

CJ le apartó la mano.

–¿Por qué? –quiso saber Tad.

–Porque quiero que alcancemos el clímax a la vez –contestó.

Tad deslizó el tanga por sus caderas mientras CJ le acariciaba el pene y las nalgas. A continuación, se inclinó sobre él y le lamió haciéndolo gemir de nuevo.

Tad le acarició el pelo mientras CJ se metía la punta de su glande en la boca. Sabía especiado y masculino.

–No puedo más –aulló Tad poniéndose un preservativo.

Le separó las piernas y se tumbó sobre ella. A continuación, se guió a sí mismo hasta su entrada y se introdujo en su cuerpo con una embestida certera.

En cuanto los músculos de CJ se acoplaron a

aquel miembro tan grande, Tad comenzó a moverse con un ritmo que ambos conocían bien.

Mientras lo hacía, le acarició los pechos y los hombros. Por fin, le agarró el rostro y la miró a los ojos.

Entonces, CJ vio en los de Tad su pasado, su presente y su futuro. En ese mismo momento, sintió una cascada entre las piernas y Tad gritó su nombre, la abrazó con fuerza y llegó al clímax también.

CJ le acarició la espalda y lo abrazó con las piernas. Ambos estaban sudados y CJ sabía que tendría que estar exhausta, pero no podía dejar de pensar en que no debería arriesgarse tanto con Tad.

No podía arriesgarse a perder más de sí misma con aquel hombre que la dominaba con tanta facilidad.

Capítulo Once

El día de Nochebuena, Tad mandó un coche a recoger a CJ.

Sus padres llegaban al día siguiente para comer con él, pero aquella noche iba a cenar a solas con CJ.

Había vuelto a ir a Tiffany's, había comprado un anillo de compromiso y había dejado un precioso ramo de rosas rojas en el asiento trasero de la limusina. También había comprado velas para la cena y seis libros de poemas de amor.

Estaba enamorado de CJ y tenía que encontrar la manera de decírselo aquella noche.

Un amigo suyo, que era el chef de uno de los restaurantes de más prestigio de la ciudad, había preparado la cena, que ya estaba en casa.

Cuando CJ llamó a la puerta, Tad lo tenía todo perfectamente controlado.

Le abrió la puerta y le agarró el abrigo.

CJ llevaba un vestido de terciopelo negro por encima de la rodilla, no llevaba medias y lucía las sandalias más sexys que Tad había visto en su vida.

Le puso la mano en la espalda para acompañarla al comedor y tocó su piel desnuda. Deslizó un dedo entre el vestido y sintió cómo se ondulaba el cuerpo de CJ.

Sonrió. Se comunicaban mucho mejor física que verbalmente.

De repente, los nervios desaparecieron y fueron sustituidos por el deseo.

«A la porra tanto romanticismo, que no se me da nada bien», pensó.

A continuación, le plantó un beso en la espalda haciéndola estremecer y volvió a sonreír.

Qué fácil era excitar a CJ.

Le tomó los pechos en las manos y continuó besándole la espalda hasta el punto en el que la cálida piel femenina se encontraba con el oscuro terciopelo.

Una vez allí, agarró la cremallera con los dientes y se la bajó.

Continuó besándole la espalda hasta llegar a la pequeña hondonada que CJ tenía sobre los glúteos.

Al comprobar que no llevaba ropa interior, gimió de placer.

CJ se estremeció y Tad siguió bajando.

Lo que más le apetecía era tomarla así como estaban, por detrás, contra la pared.

Se apretó contra ella para que sintiera su erección y se bajó la cremallera para liberar su miembro endurecido.

–Tad –gimió CJ al sentirlo entre las nalgas.

Tad le tomó los pechos y continuó besándola por el cuello con la idea de penetrarla para que, cuando le pidiera que se casara con él, no tuviera más opción que contestar que sí.

Se apretó con fuerza contra ella y le bajó los tirantes del vestido hasta la mitad del brazo, de manera que el escote se deslizó hasta llegar a sus pezones rosados, que dejó descubiertos a medias.

Tad le dio la vuelta entonces, la tomó a horcajadas y la apoyó en la pared. A continuación, le agarró las muñecas y se las puso por encima de la cabeza.

Aunque sabía que era una ilusión, en aquel momento le pareció que era completamente suya.

Sus pezones erectos lo reconocieron y Tad se inclinó para darles la bienvenida con la lengua. Le soltó las muñecas un momento para juntarle los pechos y hundir la cara entre ellos.

CJ temblaba en sus brazos, dejó caer las manos sobre sus hombros y le clavó las uñas.

Tad se dio cuenta de que estaba muy cerca del orgasmo y le pareció maravilloso porque así era como él se sentía siempre que la tenía cerca.

CJ gimió su nombre y apretó las piernas. Tad se las separó con el muslo, le agarró las muñecas con una mano y con la otra le echó las caderas hacia delante.

A continuación, le subió la falda del vestido hasta la cintura y buscó su centro femenino con el pene.

Entonces, se arrepintió de todas las veces que

habían hecho el amor con preservativo porque se había perdido la cálida humedad de su piel.

Al sentirla, su erección se endureció todavía más.

Decidió que había llegado el momento y la penetró con un suspiro de satisfacción. Así era como quería tener siempre a aquella mujer.

La urgencia de hacer el amor con ella era tan fuerte que dejó de pensar y se entregó a las sensaciones.

Se introdujo en su cuerpo de manera fuerte y profunda haciendo que CJ se mordiera el labio inferior, le desabrochara la camisa y torturara sus pezones con las uñas.

Tad sintió un escalofrío en la base de la columna y se dio cuenta de que iba a alcanzar el orgasmo en cualquier momento, pero no quería que fuera sin ella, así que deslizó la mano entre sus cuerpos y la acarició hasta que sintió que se estremecía.

Entonces, entró en su cuerpo una vez más y alcanzaron el clímax al unísono.

Se giró para apoyar la espalda en la pared y se dejó caer hasta el suelo con CJ en brazos hasta que se les normalizó el pulso.

Entonces, CJ se retiró de su regazo y se sentó a su lado. Ambos estaban apoyados en la pared mirándose a los ojos.

–Me he sentado encima de algo –anunció CJ.

–¿De qué?

–De esto –contestó sacando la cajita de Tiffany's que Tad tenía guardada en el bolsillo del pantalón hacía un rato.

Al ver lo que era, se quedó rígida y no dijo nada.

—Era una sorpresa para después de cenar —le explicó Tad—. ¿Te quieres casar conmigo, Cathy Jane?

A CJ le latía el corazón con tanta fuerza que creyó que se iba a desmayar.

Aquello era un sueño hecho realidad y una pesadilla, no sólo por lo que sentía por Tad sino porque sabía lo que le pasaba con los hombres.

—No pienso volver a dejar que te me escapes. Te conozco bien. Sé que te recoges el pelo y te pones lentillas para ir a trabajar para que todo el mundo vea a una mujer inteligente y sofisticada. Sé que te pones vaqueros y camisetas en casa porque son cómodas y van bien con tu estilo de vida tranquilo. Sé que te gusta hacer pasteles cuando estás preocupada o enfadada y que prefieres quedarte en casa leyendo que ir a un bar —dijo Tad estrechándola entre sus brazos—. Te conozco, cariño.

CJ apoyó la cabeza en su pecho.

Ella también lo conocía. Sabía que Tad necesitaba más de lo que ella le podía dar, más de lo que quería darle en realidad porque el riesgo para su corazón era demasiado alto.

Aunque anhelaba su amor, se moría por su cuerpo y vivía para los momentos en los que estaban juntos, no se podía casar con él.

Había llegado el momento de decírselo.

–No puedo.

–¿Es por el trabajo? Sabes que estoy muy orgulloso de ti y respeto lo que haces.

–No, no es por eso. De hecho, Butch me ha dicho que debería casarme. Está preocupado porque no llevo una vida equilibrada.

–Y tiene razón.

–Sí, pero es por un motivo concreto. Tad, no se me da bien hacer juegos malabares.

Tad se pasó la mano por el pelo.

–Si no es por el trabajo, ¿es por el aspecto emocional otra vez? –preguntó levantándose y poniéndose los pantalones.

Estaba enfadado.

CJ se alisó el vestido y se puso en pie. Intentó subirse la cremallera ella sola, pero no pudo, así que lo hizo Tad y, después, la giró y la miró a los ojos.

CJ se estremeció de miedo porque sabía que, en cuanto empezara a depender de Tad, se iría.

El destino le había dejado muy claro que CJ Terrence no debía tener una influencia masculina continua en su vida.

–Te quiero, Cathy Jane. Es la primera vez que le digo esto a una mujer –le dijo Tad muy serio.

A CJ le hubiera encantado poder dejarse llevar, pero no podía.

–No es suficiente, ¿verdad? –se lamentó Tad.

–Por favor, no sigas. ¿No podríamos seguir como hasta ahora?

–Maldita sea, CJ. Por supuesto que no podemos. Tú no eres la única que lo ha pasado mal. Mira lo que le ocurrió a Pierce. Estuvo muy cerca de la desesperación total cuando su esposa lo abandonó y ahora es feliz con Tawny.

–Tawny y Pierce me importan un bledo. Me alegro mucho de que sean felices, pero no tienen nada que ver conmigo. Tú no tienes ni idea de lo que es sufrir porque nunca has sufrido.

–¿Cómo que no? Estuve a punto de casarme una vez, pero ella decidió que prefería un hombre que le diera mucho dinero para ser feliz sin trabajar todo el día. Me dejó, Cathy Jane, así que no me vengas con que no sé lo que es sufrir.

–Lo siento.

–Mi cerebro me dice que no te confíe mis sentimientos, pero mi corazón sabe que, si no lo hago, será peor.

CJ sintió que las lágrimas le abrasaban los ojos. Tenía frío. Mucho frío. Se abrazó para no perder el control, pero no lo consiguió.

Se estaba derrumbando y nada ni nadie, ni siquiera Tad, podía ayudarla.

–Me tengo que ir –anunció.

–¿Por qué?

–Porque tengo miedo.

–Ya hemos hablado de esto antes. Sabes que no te voy a hacer daño.

CJ no sabía cómo decirle que estaba segura de que no le iba a hacer daño intencionadamente, pero que se lo haría de todas maneras.

Era una experta en aquello de quedarse sola

cuando iniciaba una relación y sabía muy bien que el destino le arrebataría a cualquier hombre que le interesara.

Tad no se daba cuenta de que para ella vivir con él sería el comienzo de la cuenta atrás.

—Sí, sí me lo harías. Ningún hombre ha aguantado vivir conmigo. Todos se han ido. No soy como otras mujeres.

—¿De qué hombres estás hablando?

—De mi padre y de Marcus.

—¿Quién es Marcus?

—Era mi jefe y mi prometido. Me dejó por una mujer más adecuada para ser la esposa del jefe.

—Yo no soy como ellos —se defendió Tad.

—Lo sé.

Tad maldijo en voz baja y CJ sintió que se le rompía el corazón al verlo tan alterado.

Miró a su alrededor y vio el comedor lleno de velas, envuelto en música romántica y se imaginó que se había esforzado mucho para preparar aquella cena para ella.

—Tad, no es que no te quiera...

—Entonces, ¿qué es, CJ? Me has dicho que tu jefe quiere que te cases, yo te he ofrecido amor y no es lo que quieres. ¿Soy yo? ¿Estás vengándote de mí por lo que dije hace años?

—No, jamás haría eso, te quiero, Tad, te quiero, no te puedes ni imaginar cuánto, pero no me puedo casar contigo.

—¿Por qué no? —insistió Tad frustrado.

—Porque no está escrito que me salgan bien

las cosas con los hombres. Todos me han abandonado.

—¿Estás segura de que te han abandonado?

—¿Qué quieres decir?

—Tal vez, has hecho que te abandonaran con tu actitud —contestó Tad dándose la vuelta y dirigiéndose al bar—. Necesito una copa.

CJ no se podía mover.

Quizás Tad tuviera razón y la culpa de todo aquello la tuviera su actitud.

Desde que Tad había vuelto a su vida, había estado buscando una manera de escapar de él, ya fuera a través de sus lentes de contacto y su cambio de color de pelo o a través de su trabajo.

—A lo mejor tienes razón y se fueron por mi culpa.

Tad abrió una botella de whisky y se sirvió un vaso. Se tomó dos seguidos antes de mirarla.

—No me importa si me quieres o no, pero cásate conmigo.

—¿Por qué? —preguntó CJ.

—Porque les he dicho a mis padres que mañana iban a conocer a mi futura mujer.

—¿Cómo se te ha ocurrido hacer eso? Sabías que no me quería casar contigo.

—Obviamente, me equivoqué creyendo que podría hacerte cambiar de parecer —contestó Tad tomándose otro whisky.

Cuando fue a servirse el cuarto, CJ pensó que

tenía que hacer algo, no podía dejar que se terminara la botella.

No podía soportar verlo así por su culpa.

Aunque su intención había sido evitar que ambos sufrieran, lo único que había conseguido había sido que Tad acabara con una botella de Dewar's en las manos.

Su único error había sido enamorarse de ella.

CJ cruzó la habitación e intentó abrazarlo, pero él no se lo permitió.

–Tad, no me hagas esto. Te dije desde el principio que sólo quería una relación sin ataduras.

CJ sabía lo que se decía. Tad no podía entender el dolor que significaba haberse pasado toda su infancia mudándose de ciudad en busca de un hombre que no quería que lo encontraran.

El amor y la aprobación eran cosas que jamás había conseguido. De ahí que Marnie y ella supieran que nada duraba para siempre y que el amor era muy frágil.

–Te debería haber hecho caso –contestó Tad con una ironía que dolió a CJ sobremanera.

–Sí, así es.

Tad se tomó otra copa.

–Beber no te va a servir de nada.

–Puede que sí.

–Por favor, para. No puedo soportar verte así.

Tad se encogió de hombros.

CJ sabía que aquel hombre estaría encantado de sobrellevar sus cargas emocionales a medias, pero ella no se lo iba a permitir porque era incapaz de compartirlas con nadie, ni siquiera con él.

—Creo que deberías irte —dijo Tad apagando las velas y la música.

—Sí, creo que sería lo mejor —contestó CJ.

No sabía cómo arreglar las cosas, pero sabía que quedarse con él no era la solución. Había demasiadas cosas inciertas en la vida y la única manera de proteger a los dos era acabar con aquello cuanto antes.

—Hay algo dentro de mí que se ha roto, Tad. Lleva así mucho tiempo —le explicó mientras recogía el bolso del suelo.

—Y no se va a arreglar hasta que no confíes en alguien… hasta que no confíes en mí —contestó Tad mirándola a los ojos.

CJ respiró hondo y se dijo que debía ser fuerte hasta llegar a casa, a su santuario, donde por fin podría dar rienda suelta a todo el dolor y todos los sueños que había construido en secreto en su alma.

—No creo que pueda hacerlo jamás.

—¿Lo dices porque te has llevado decepciones en el pasado? Maldita sea, eso nos ha pasado a todos. A Pierce lo abandonó su mujer cuando se quedó parapléjico. ¿Te parece eso justo, CJ?

—No, claro que no, pero tú no eres Pierce ni eres yo. Yo he tenido que vivir sabiendo que mi padre no me quería lo suficiente como para quedarse a mi lado, sabiendo que no era lo suficientemente mujer como para que mi prometido no me abandonara. Sabía que, tarde o temprano, tú me ibas a pedir algo que no te podía dar y me temo que no lo voy a volver a hacer con ningún otro hombre.

—Puedo obligarte a que te cases conmigo —dijo Tad.

Estaban muy cerca, pero CJ había puesto entre ellos una distancia tan grande como el lago Michigan.

—¿Cómo?

—Le podría decir a Butch que uno de los requisitos para el ascenso fuera que estuvieses casada —contestó Tad con crueldad.

CJ sintió que se le encogía el estómago.

Aquel Tad que tenía ante sí no era el buen amigo que le curó cuando se cayó de la bicicleta, sino el cruel adolescente que les había dicho a sus amigos que CJ le pagaba para que estuviera con ella.

A aquel Tad apenas lo conocía.

—No lo harías, ¿verdad?

—Que me lo tengas que preguntar siquiera, contesta a todas mis preguntas —dijo atándose los cordones de los zapatos y poniéndose el abrigo—. Le he dicho al chófer que se fuera, así que te llevo yo a casa.

—Puedo llamar a un taxi.

—No —dijo Tad muy serio.

Mientras le ayudaba a ponerse el abrigo, CJ vio en el suelo el ramo de rosas y en el medio el anillo de Tiffany's.

Le entraron ganas de llorar, pero siguió a Tad

por el pasillo hasta el coche. La llevó a casa sumidos en un silencio sepulcral y la acompañó hasta la puerta.

–Bueno, supongo que se acabó –dijo una vez allí–. No pienso volverte a llamar.

–Tad, lo nuestro no tiene por qué terminar así.

–¿Ah, no?

–No, podríamos seguir viéndonos.

–No, gracias. Yo necesito que la persona con la que estoy confíe en mí y tú me has demostrado que confías sólo en ti. Disfruta de tu solitaria vida –contestó Tad antes de volverse para irse.

CJ se quedó mirándolo mientras se alejaba y, cuando dio la vuelta a la esquina, se dejó caer y apoyó la cabeza en las rodillas.

Jamás se había sentido tan sola.

Capítulo Doce

El día de Navidad, CJ se despertó sintiéndose más sola que nunca. Se había pasado toda la noche dando vueltas y soñando con Tad.

Lo único que la motivó para levantarse fue que Rae-Anne iba a ir a desayunar con ella.

Fue a la cocina y se preparó un café.

Al abrir la nevera y ver la cantidad de comida que había comprado en previsión de los días que Tad iba a pasar con ella, le entraron ganas de mandar sus miedos al garete y de ir a su casa para pedirle perdón.

No lo hizo porque en su corazón sabía que su relación no duraría.

No le apetecía cocinar, así que se subió a la encimera y agarró la caja de bollitos de chocolate porque aquello era lo único que podría insuflarle algo de fuerzas.

Se los llevó al salón y se sentó frente al árbol de Navidad.

Abrió el primero y le dio un buen mordisco, pero no le supo bien. Abrió otro y le ocurrió lo mismo.

Frustrada, dio un manotazo a la caja y la tiró al suelo.

Ya ni los remedios de siempre le hacían efecto.

Le entraron ganas de llorar.

En ese momento, llamaron al timbre.

Estaba en pijama, sin peinar y oliendo a café. Estupendo.

Había invitado a su secretaria porque sabía que no tenía familia. Al pensar en ella, se dio cuenta de que, probablemente, ésa era la vida que le esperaba a ella también.

¿No debería adoptar un gato?

—Un momento —dijo, corriendo a la cocina con la caja de bollitos.

Una vez escondidos, fue hacia la puerta haciéndose una coleta con una goma que había encontrado. Estaba en pijama, pero no le parecía bien tener a Rae-Anne esperando en la puerta.

Abrió e intentó sonreír.

Rae-Anne la miró de arriba abajo.

—¿Qué demonios te ha pasado?

—Yo también te deseo una Feliz Navidad —contestó CJ.

—¿Está Tad? No debería haber venido.

—No, estoy sola.

Rae-Anne pasó y dejó un regalo sobre la mesa del recibidor.

—Me voy a cambiar, tú siéntete como en tu casa —le dijo CJ—. Hay café en la cocina.

Cuando volvió, Rae-Anne había preparado tortitas con nata y macedonia.

—¿Y Tad? —le preguntó.

–En su casa, supongo –contestó CJ.

–¿No lo sabes?

–Eh, las cosas entre nosotros no han salido bien.

–¿Cómo? ¿Por qué?

–Porque… eh… yo no… lo cierto es que no me apetece hablar de ello.

–¿Te ha tratado mal?

CJ recordó lo bien que la había tratado siempre Tad, tanto dentro de la cama, donde había sido el amante ideal, como fuera, donde siempre tenía bonitos detalles como aquella cena en Gejas o aquella tarde de compras navideñas.

Además, la hacía sentirse especial y la aceptaba tal y como era.

–No.

–¿Os habéis peleado?

–Sí. Lo cierto es que lo nuestro no podía ser y punto.

–¿Por qué?

–Porque no soy la mujer que Tad necesita.

–¿Te lo ha dicho él?

–No, no hizo falta. No quiero seguir hablando de él, por favor.

Rae-Anne probó el café y se puso en pie.

–¿Crees que querría volver contigo? –le preguntó a su jefa.

–¿Cómo? Rae-Anne, ¿no me has oído? No quiero seguir hablando de esto.

–Lo que yo me temía.

–Rae-Anne, ¿por qué te importa tanto mi vida amorosa?

–Porque he venido desde el Cielo con la misión de emparejaros –contestó Rae-Anne acercándose a ella.

–¿Has bebido?

–Ven conmigo –dijo Rae-Anne agarrándola de la mano para que se levantara.

–¿Adónde vamos?

–A tu futuro –contestó su secretaria chasqueando los dedos.

Las paredes comenzaron a girar y CJ se dijo que estaba teniendo una pesadilla.

–Qué miedo –dijo rezando en voz baja.

–No te preocupes, confía en mí –contestó Rae-Anne.

–¿Dónde estamos?

–No lo sé. En el lugar donde tú nos has traído.

CJ se pellizcó el brazo y, cuando le dolió, comprendió que no estaba soñando.

Estaban frente a su casa de Auburndale, que aparecía rodeada por una vieja verja de hierro. El Buick Century que había compartido con su hermana estaba aparcado delante.

–¿Por qué me has traído aquí? Nunca he querido mirar atrás.

–Es donde tu subconsciente ha querido venir –le explicó Rae-Anne.

En ese momento, vieron a la versión adolescente de sí misma que se dirigía a la casa de al lado y la siguieron.

142

CJ se paró en seco al darse cuenta de qué día era aquél.

–Vámonos.

–No podemos. ¿Qué está pasando?

Faltaban cuatro días para la fiesta de graduación y CJ iba a pedirle a Tad que fuera con ella.

Aquél era el peor recuerdo que tenía de su adolescencia. Era imposible que su subconsciente hubiera elegido volver a aquel día. Imposible.

–No creo que esto me vaya a servir de nada, a menos que tu misión sea deprimirme.

Rae-Anne la abrazó.

–Por supuesto que mi misión no es deprimirte, pero tienes que ver esto con ojos de adulta y no a través de una perspectiva adolescente.

Entraron en casa de los Randolph y se dirigieron a la piscina, donde había dos chicos sentados a una mesa tomando un refresco.

Tad era más delgado de lo que lo recordaba.

No se veía a sí misma, pero sabía que estaba escondida tras la valla, escuchándolos.

–Te llamé anoche y tu madre me dijo que habías salido con una chica. ¿Has vuelto con Patti? –preguntó Bart Johnson.

Aquel chico era el quarterback del equipo de fútbol americano del colegio y sólo salía con animadoras.

–No, fui al cine con Cathy Jane Terrence –contestó Tad.

CJ recordaba aquella noche perfectamente.

Habían ido a ver *Batman* y Tad le había dicho que se parecía a Michelle Pfeiffer y la había llamado Mujer gato.

Se lo habían pasado en grande e incluso se había olvidado de su pelo y de su peso. Por primera vez, se había sentido como una chica digna del interés de un chico.

—¿Quién es ésa? —preguntó Bart.

—Mi vecina —contestó Tad señalando la casa de CJ.

—¿La gorda? ¿Cómo vas con ella al cine?

—¿Y a ti qué te importa?

—Me importa un bledo, pero no entiendo por qué sales con ella cuando podrías salir con la chica del colegio que quisieras.

—No quiero a cualquier chica.

—No te entiendo.

—Me paga para que salga con ella —contestó Tad tras darle un trago a la Pepsi que tenía en la mano.

Aquello hizo reír a Bart y huir a CJ, que salió corriendo de allí hacia su casa y la caja de bollitos de chocolate.

—Ya nos podemos ir —le dijo CJ a Rae-Anne.

—No, todavía no.

—¿Cuánto te paga? —quiso saber Bart.

—No me paga nada, tío. ¿Estás mal de la cabeza?

Bart se puso las gafas de sol y se levantó de la mesa.

—No te entiendo. ¿Por qué sales con ella?

—Porque es simpática y me gusta su sonrisa —contestó Tad.

CJ sintió que se le partía el corazón.

En todo el tiempo que llevaban juntos, Tad jamás le había contado aquello. Claro que ella

144

no le hubiera dejado hablar de aquel recuerdo tan doloroso.

—¿Sabes lo que dicen de las gordas? —dijo Bart.

—¿Qué?

—Que son como las motos, muy divertidas de llevar hasta que estás con tus amigos.

Tad le dio un puñetazo a Bart en el brazo que le hizo perder el equilibrio y caer a la piscina.

—¡Eh! ¿Por qué has hecho eso? —protestó.

—No creo que lo entendieras —contestó Tad.

Rae-Anne tomó a CJ del brazo y volvió a chasquear los dedos.

CJ se encontró de nuevo en la cocina de su casa, la comida había desaparecido y el café todavía estaba caliente.

Rae-Anne no estaba y CJ se preguntó si lo habría soñado todo.

Daba igual.

Lo importante era que se había dado cuenta de que el destino estaba influenciado por la percepción de la realidad.

Ella siempre había creído que no era lo suficientemente buena para los hombres y, probablemente, se había pasado toda la vida proyectando esos sentimientos en ellos.

Se puso en pie y se paseó por la cocina.

Tenía que hacer algo, tenía que elegir entre no arriesgarse y vivir al borde de todo o lanzarse a la piscina.

Cerró los ojos y se dio cuenta de que sólo había una opción.

¿Sería demasiado tarde? ¿Podría convencer a

Tad de que juntos podían encontrar la felicidad que ambos merecían?

El avión en el que debían volar los padres de Tad iba a salir con retraso de Florida debido al mal tiempo y habían decidido posponer su visita hasta después de las vacaciones.

La idea era que hubieran comido todos juntos, pero tanto CJ como sus padres lo habían dejado plantado.

Se había pasado buena parte de la noche en el gimnasio haciendo pesas y preguntándose si algún día llegaría a entender a las mujeres.

Había quedado con Pierce para correr, como todas las mañanas del día de Navidad desde hacía ocho años.

—Feliz Navidad —le deseó su amigo cuando se encontraron—. Una cosa. He quedado con Tawny dentro de una hora. ¿Por qué no llamas a CJ y nos vamos los cuatro a tomar algo al Hilton?

—Eh... no.

—¿Por qué no?

—Porque ya no salgo con ella. Vamos.

Pierce no dijo nada y comenzaron a correr. Aunque fue una buena carrera, no ayudó en absoluto a Tad a tranquilizarse.

Una hora después, cuando volvieron, la novia de Pierce los estaba esperando con dos tazas de té humeante.

Pierce la tomó en su regazo haciéndola reír y Tad deseó poder hacer lo mismo con CJ.

No se quería casar con ella porque sus padres se estuvieran haciendo mayores y quisieran nietos sino porque él también se estaba haciendo mayor y sabía que lo único que podía hacerle feliz era encontrar a una compañera y formar una familia.

Se dio cuenta de que no había confiado por completo en CJ, de que había una parte de sí mismo que no le había entregado por si acaso lo abandonaba.

Se despidió de Pierce y de Tawny y volvió a su casa.

Al llegar, subió por las escaleras porque no tenía paciencia para esperar al ascensor. La cabeza le iba a cinco mil revoluciones por minuto y se preguntaba si podría convencer a CJ para que le diera otra oportunidad.

Se dio cuenta de que había ido demasiado deprisa.

Al llegar a su piso, vio que alguien estaba esperando.

–¿CJ?

–¿Podemos hablar?

Tad abrió la puerta y la invitó a pasar. La caja con el anillo de compromiso estaba en la mesa del recibidor.

Tad miró a CJ y vio que ella estaba mirando la caja.

–¿Qué querías? –le preguntó yendo a la cocina a preparar café.

–Eh… quería… –contestó CJ acercándose a él y poniéndole la mano en el hombro.

Tad no se giró, pero ella le obligó a hacerlo.

Tad se apoyó en la encimera y se cruzó de brazos.

—Por favor, no me lo pongas más difícil —dijo CJ.

—No se puede decir que tú me lo hayas puesto a mí muy fácil.

—Lo sé y te pido perdón por lo de anoche.

—¿Has venido a disculparte?

—No exactamente.

Tad levantó una ceja y esperó.

A CJ aquello le estaba resultando más difícil de lo que había creído y se dio cuenta de que tenía que lanzarse, así que tomó aire.

—Quiero estar contigo, Tad.

—No sé si creerte.

—¿Por qué dices eso?

—Porque llevas las lentillas.

—¿Qué?

—Te escondes detrás de ellas cuando yo he desnudado mi alma ante ti.

—¿Eso crees?

—Estoy seguro de ello.

—Muy bien —dijo CJ quitándose las lentillas, soltándose la melena y desnudándose—. Aquí me tienes, Tad, tal y como soy.

Tad sintió unas enormes ganas de abrazarla.

—¿Por qué?

—Porque no estoy viviendo la vida y no puedo soportar pensar que no la voy a compartir contigo.

—¿A qué se debe este repentino cambio?

Tad se moría por abrazarla pues la veía frágil

148

y vulnerable, pero tenía que estar seguro de que ella quería que lo hiciera, de que CJ quería que la protegiese.

—He estado toda la vida huyendo de mis sentimientos y de la incertidumbre que conlleva el amor, pero he decidido que no lo voy a volver a hacer. Lo único que me da miedo ahora es no volver contigo.

Tad estaba anonadado ante su sinceridad.

—Por favor, di algo.

—Ven aquí —dijo Tad abriéndole los brazos.

—Te quiero, me quiero casar contigo y estar toda mi vida contigo —dijo CJ abrazándolo.

Tad la besó y la condujo a su dormitorio, donde la depositó en mitad de la cama.

—Espera aquí —le indicó yendo a buscar el anillo de compromiso.

Nunca se había sentido tan feliz.

—Dios mío, Cathy Jane, cuánto te quiero.

—Ven a la cama y demuéstramelo —contestó CJ sonriendo con picardía.

—¿Te quieres casar conmigo? —le preguntó Tad sacando el anillo de la caja.

—Sí —contestó CJ con lágrimas en los ojos.

Tras ponerle el anillo, Tad le hizo el amor de manera desaforada y, después, bajo las sábanas, hicieron planes para el futuro y Tad se dio cuenta de que la mujer que tenía entre sus brazos era un gran tesoro.

Epílogo

—No ha estado mal, Mandetti —dijo Didi apareciendo a mi lado.

Yo estaba frente a la casa de Tad, encantado de haber emparejado a otras dos personas. Había tenido dudas al principio, pero al final lo había conseguido.

—¿Qué esperabas del rey de corazones, muñeca?

Aquella vez llevaba un vestido amarillo no tan feo como los demás.

«Me debo de estar haciendo blando», pensé.

—Ya no eres un capo, Pasquale.

No me gustaba nada que me llamara por mi nombre de pila.

—Tal vez, no —admití sin embargo.

—Yo creo que te gusta esto de hacer de celestina.

—Es mejor que lo otro —contesté refiriéndome al infierno.

El ángel sonrió y yo me pregunté qué tramaba.

—Sí, te gusta.

—Esta vez no ha estado mal, pero preferiría que no me volvieras a convertir en mujer. No quiero volver a hacerlo.

—¿Y qué te hace pensar que tienes alternativa?

—Muñeca, eres imposible.

Aquello hizo reír a Didi.

—Mandetti, ¿no te he dicho que no me llames muñeca?

—¿Si no lo vuelvo a hacer puedo ser hombre la próxima vez?

—Quizás —contestó el ángel desapareciendo.

Aquel ángel siempre me volvía loco. Lo cierto era que me gustaba hacer buenas obras, pero jamás se lo diría.

CJ me había necesitado como amiga y yo nunca había sido amigo de nadie antes.

Ojalá lo hubiera sido de Tess cuando me necesitó.

«Madre mía, me estoy poniendo muy cursi».

Lo cierto era que había algo de locos en todo aquel tema del amor y, aunque jamás lo admitiría delante de Didi, me gustaba mi nueva forma de vida.

Prólogo

—¿Has descubierto algo siendo mujer? —me preguntó Didi cuando aparecí frente a ella.

Todavía no me había acostumbrado a aquello de aparecer y desaparecer y, después de veinticinco años siendo un capo de la mafia, no estaba preparado para la vida después de la muerte.

Había hecho un trato con Dios. Bueno, más bien con su emisaria, que era Didi, y ahora actuaba de celestina con parejas de tortolitos.

No estaba tan mal como le hacía creer al ángel, pero es que me sacaba de quicio y no quería que supiera que me gustaba hacer buenas obras.

No me había gustado la última sorpresita que me había preparado, pues me mandó a la Tierra en el cuerpo de una mujer.

Ningún hombre debería pasar jamás por eso.

—Esta vez quiero ser hombre, pero no un viejo, ¿eh? —le dije.

—¿Fue muy duro? —me preguntó.

No me gustó su tono, pero no tenía alternativa. Estar allí era mucho mejor que estar en el infierno.

—Prefiero no contestar. Lo único que te pido es que me des una misión en la que sea hombre.

En ese momento, se materializaron sobre la mesa un montón de sobres.

Didi me sonrió, lo que no me inspiró ninguna confianza. Aunque era un ángel, tenía una vena un tanto cruel.

–¿Qué te parecería ir a Las Vegas? –me preguntó.

–¿Me vas a poner de showgirl?

–No –se rió–. Esta vez, no.

Me estaba intentando meter miedo, pero no le iba a dar resultado porque yo me había enfrentado a hombres armados sin pestañear.

–Esta misión es especial.

Me estremecí y me pregunté si ir al Cielo merecía la pena, después de todo.

–¿Cómo de especial?

–Ya lo verás –me contestó.

Abrí el sobre y leí.

La chica, Kylie Smith, era una secretaria de Los Ángeles y el chico, Deacon Prescott… era el tipo de hombre que a mí me gustaba, porque había crecido en la calle y había sido trabajando para la mafia de Las Vegas.

–No parece difícil –le dije a Didi.

–Bien, entonces no creo que tengas problemas.

Mi cuerpo se evaporó antes de que me diera tiempo de responder. A Didi le gustaba tener siempre la última palabra, pero aquella vez no me importó porque estaba ante un casino estupendo.

Por primera vez desde mi muerte, pensé que aquello no estaba tan mal.

DESEO

KATHERINE GARBERA

UNA BELLEZA EN LA CAMA

Una declaración de amor en una limusina era lo último que necesitaba Sarah Malcolm. Era cierto que Harris Davidson era rico, poderoso y muy sexy, pero también le había dejado muy claro que en su vida no había sitio para el amor.

Teniendo que cuidar a sus hermanos y dirigir el restaurante, Sarah no entendía por qué no podía dejar de pensar en aquel hombre.

UN ASUNTO DEL CORAZÓN

Con solo oír la campanada de medianoche, CJ Terrence recordó que, a pesar del vestido de alta costura, seguía siendo la vulgar estudiante deseosa de creer en cuentos de hadas. Años atrás, el empresario de cuyo negocio dependía la carrera de CJ se había hecho amigo suyo y después la había traicionado. Pero ahora acudía en busca de su perdón... y de sus besos. CJ deseaba sus besos y sus caricias, como siempre. Y algo le decía que una extraña hada madrina le había dado una segunda oportunidad...

N.º 540

JAZMÍN.

BETTY NEELS
HISTORIA DE AMOR EN INVIERNO

Claudia Ramsey estaba muy agradecida al señor Thomas Tait-Bullen por todo lo que había hecho por su tío abuelo, por eso aceptó encantada su proposición de casarse con él por conveniencia. Pero se acercaban las navidades y Claudia estaba empezando a romper todas las normas... ¡se estaba enamorando de su marido!

TRISH WYLIE
AMIGOS Y AMANTES

Ryan y Molly llevaban toda la vida siendo amigos, pero el juego infantil empezó a volverse peligroso cuando él la retó a fingir que estaban saliendo juntos... y ella aceptó.

La primera regla del juego que impuso Ryan era que debían besarse mucho para que pareciera real. Así fue como dos buenos amigos se convirtieron en dos buenísimos amantes...Y como Molly se dio cuenta de que aquella apuesta era mucho más adecuada de lo que ella había previsto.

N.º 573

PATRICIA FORSYTHE
PROTEGER A LA PRINCESA

Estaba claro que la nueva misión de Reeve Stratton se salía de lo habitual. La princesa Anya Chastain de Inbourg tenía una mirada que podría reducir a cenizas a cualquier hombre, pero en realidad no era la niña consentida que él pensaba. Era una mujer bella e inteligente que trataba con verdadero amor a su hijo, a su familia y a su país. Hacerse pasar por su prometido no era ningún esfuerzo para Reeve; solo tenía que bailar y flirtear con ella... e incluso besarla, y todo por el bien del pueblo. El problema era que aquellos besos le parecían demasiado reales... y esa vez era él quien corría peligro... ¡de enamorarse!

EL PRÍNCIPE Y LA PRINCESA

El príncipe Cristiano di Savaré no tenía escrúpulos a la hora de conseguir sus propósitos. Su objetivo del momento, Antonella Romanelli, formaba parte de una dinastía a la que él despreciaba... Antonella se vio turbada por el poderoso atractivo de Cristiano. Sin embargo, no se fiaba de él. Pero Cristiano tenía un plan para lograr que se sometiera a sus deseos.

Si para conseguirlo tenía que acostarse con ella, su misión sería aún más placentera...

CORAZONES DE DIAMANTE

Francesca d'Oro solo tenía dieciocho años cuando el sexy y misterioso Marcos Navarro se casó con ella. Luego, antes de que se secara la tinta del certificado de matrimonio, la abandonó. Aunque le había regalado un anillo de compromiso, a cambio, él robó una joya mucho más valiosa: El Corazón del Diablo, un espectacular diamante amarillo que, según creía Marcos, había pertenecido antiguamente a su familia.

N.º 475

Años más tarde, Francesca decidió recuperar la joya, pero había olvidado que el nombre del collar era perfecto para Marcos... y que hacer tratos con el diablo era extremadamente peligroso.

CHRISTINE MERRILL

El mayor pecado

Después de haber pasado seis años creyendo una mentira sobre su origen, y condenado a un infierno personal, el doctor Samuel Hastings se enfrentó por fin al objeto de sus deseos, la única mujer a la que nunca podría tener…

Lady Evelyn Thorne estaba a punto de casarse con el muy conveniente duque de Saint Aldric cuando una impresionante verdad fue revelada… ¡y a partir de aquel momento, Sam se convirtió en un hombre diferente y no le daba tregua con tal de seducirla!

El pecado de amar

El honorable y para colmo atractivo Michael Poole, duque de Saint Aldric, se había ganado a pulso el apodo de "El Santo". Pero la al-

ta sociedad se habría estremecido si hubiera sabido la verdad. ¡Porque, lanzado al libertinaje, aquel santo se había convertido en un pecador impenitente!

Con la aparición de la institutriz Madeline Cranston, embarazada de su heredero, Saint Aldric buscó redimirse por medio de un matrimonio de conveniencia. Pero la misteriosa Madeline estaba lejos de ser una sumisa duquesa…

No. 80

¡YA EN TU PUNTO DE VENTA!

BIANCA.

¡Su esposa de conveniencia quería negociar el nacimiento de un heredero!

MATRIMONIO DE PAPEL

JOSS WOOD

N.° 3082

El matrimonio sobre el papel de Millie Piper con el director ejecutivo Benedikt Jónsson le supuso poder controlar su vida. Ahora deseaba tener un hijo, así que lo correcto era pedirle a Ben que se divorciaran. Pero cuando se quedó atrapada en la casa de Ben por una tormenta, descubrió la atracción que sentía por su esposo de conveniencia.

A Ben, un lobo solitario, la petición de divorcio que le hizo Millie le provocó un peligroso deseo. La intimidad de tenerla consigo en su lujosa casa en Islandia amenazaba su implacable dominio de sí mismo, pero no fue nada comparado a la conmoción que le causó lo que le pidió después: ¡que fuera el padre de su hijo!

BIANCA.

Una vez desvelado el secreto…
¡El heredero debía ser reconocido!

LA REPUTACIÓN DEL SICILIANO

LORRAINE HALL

N.º 3083

Dos años después de disfrutar de una tórrida aventura con Brianna Andersen, Lorenzo Parisi descubrió que había tenido un hijo. Y el mundo que tanto se había esforzado en construir después de una traumática infancia estalló por los aires…

Brianna no averiguó que Lorenzo era millonario ni que tenía una dudosa reputación hasta que se enteró de que estaba embarazada. Temiendo que pudiera hacerle daño, decidió ocultar la existencia de su hijo. Al descubrirlo, Lorenzo reclamó sus derechos como padre.

Y al comprobar que la química que había entre ellos no había disminuido, Brianna supo que lo que verdaderamente estaba en peligro era su corazón…

BIANCA

Un encuentro «sin condiciones»...
Pero ahora ella estaba embarazada

PROMESAS
SIN COMPROMISO

SHARON KENDRICK

N.º 3086

Mostrar la mansión inglesa en la que trabajaba a un posible comprador no era el típico día para Lizzie, una tímida empleada de hogar.

Pero en cuanto apareció el millonario italiano Niccolò Macario quedó impresionada por la incontrolable atracción que había entre ellos. Estaba claro que él no quería saber nada de compromisos, pero la promesa de una noche de pasión era irresistible...

Tras una vida marcada por la tragedia, Niccolò se alejaba de cualquier relación sentimental, pero cuando recibió una carta con la noticia de que Lizzie estaba embarazada, se quedó sorprendido porque su único pensamiento era encontrarla, llevarla con él a Manhattan y reclamar a su hijo.

BIANCA.

¡De una proposición extraordinaria…
a embarazada en el paraíso!

EL MEJOR CANDIDATO

MAYA BLAKE

N.º 3088

La genio de la tecnología Genie Merchant solo vendería el innovador algoritmo que había pasado años perfeccionando a un comprador honrado. Cuando el formidable Severino Valente le hizo una oferta, la química que había entre ellos lo colocó a la cabeza de los candidatos... si le daba el hijo que ella deseaba más que nada.

Seve había prometido no tener hijos nunca, por lo que solo estaba dispuesto a ofrecerle sus millones. Sin embargo, el destino intervino cuando una noche apasionada condujo a un embarazo accidental.

La reacción de Seve fue sorprendente incluso para él mismo, porque estaba decidido a ser padre. Aunque tuviera que secuestrar a Genie y llevarla a su país para demostrárselo.